AF758700

जंग की आग

मुहम्मद सिकंदर

978.93.86148.04.9

पर्शिया में जमालउद्दीन नाम का बहादुर और रहमदिल सुल्तान था। जिसकी इंसाफ की चर्चा सात रेगिस्तान में हुआ करती। उन्होने अपने शासनकाल में अठराह लड़ाइया लड़ी और उसको जीता भी । कई गुलाम औरतों बच्चों और पुरूषों को आजाद करवाकर एक नया जीवन तोहफे के रूप दिया। वह अपनी बेगम आशिया बानो और इकलौते पुत्र आरसालान के साथ पर्शिया की राजधानी तेंहरान में रहा करते। अपनी बेहतरीन तलवार बाजी के लिए सात रेगिस्तान में काफी मशहूर थे। जिसकी वजह से कोई भी विदेशी आक्रमणकारी और आस –पास के इलाको में विद्रोहो जैसी खबर नही सुनायी दी। सुल्तान जमालउद्दीन के पिता सुलेमान रफीक ने मरते समय अपना शाही मोहर और नीलाम से सजा ताज उसको देकर अगला सुल्तान घोषित किया। ये बात उनके सौतेले भाई रहमान उमर और खुर्शीद खुरो

को पसंन्द नही आयी। दोनो ने मिलकर अपने बड़े भाई के खिलाफ विद्रोहो कर दिया । अरेबियन के तपती रेगिस्तान में दोनो की सेना भूखे शेर की तरह अपनी नजरें एक–दूसरे पर टिकाये हुए थे। बस इन्तजार था तो सिर्फ एक हुक्म का। सुल्तान के शाही सेना के आगे रहमान उमर और खुर्शीद खुरो की सेना कमजोर साबित हुई और वहॉ से भाग गयी। दोनो को बन्दी बनाकर सुल्तान के सामने पेश किया गया। जहॉ पर मौत की सजा ना देकर सुल्तान जमालद्दीन अपने दोनो भाई को दरबार में उच्च पद दिया। उनकी रहम दिल और इन्साफ को देखकर पूरे दरबार में जिन्दाबाद के नारे गुॅज उठे। दोनो भाइयों ने अपनी गलतियो के लिए सुल्तान से माफी मॉगी। एक दिन सुल्तान जमालद्दीन के पास खत आया है। जिसमें लिखा था कि अल्जीरिया नाम के गॉव पर मौत के सौदागरो ने कोहराम मचा रखा है। वो रात में शैतान की तरह आते है और लूटपाट करके वहॉ से भाग जाते

हैं। मुझे पूरा यकीन है कि आप हमारी मदद के लिए शाही सेना यहॉ पर जरूर भेजेगे। उस गॉव की दर्द भरी पुकार को सुनकर सुल्तान ने अपने भाई रहमान उमर के नृेतत्व में दस हजार सेना के बेहतरीन दस्तो को वहॉ पर भेजा। अल्जीरिया गॉव पहुॅचते ही उनका सामान मौत के सौदागरो से हुआ।उनकी बेहतरीन तलवार बाजी और लड़ने के अनोखे ढ़ग को देखकर उसके पैरो तले जमीन खिसक गयी। सुल्तान के शाही सेना मौत के सौदागरो पर भारी पड़ने लगे। धीरे –धीरे अपने आपको कमजोर होता देखकर मौत के सौदागरो वहॉ से भाग खड़े हुए। सारे गॉव वाले खुश होकर रहमान उमर के नाम के नारे लगाने लगे। वह कुछ कहे बिना अकेले ही मौत के सौदागरो के पीछे निकला पड़ा। कई मील का सफर तय करने के बाद मौत के सौदागर रेगिस्तान में बने एक टूटे–फूटे किले के अन्दर दाखिल हो गये। इस से पहले की उस किले का मजूबत दरवाजा बन्द हो पाता। रहमान उमर अपने घोड़े के साथ उस किले

के अन्दर दाखिल होने मे कामयाब हो गया। छः महीने बाद–पर्शिया की राजधानी तेरहान में रहमान उमर खून से लथपथ और थके हुए शरीर के साथ सुल्तान के सामने पेश हुआ। दाये हाथ से टपकता खून और बाये हाथ में कटा सिर। सुल्तान के सामने फेककर कहता है कि बादशाह सलामत रहे! मौत के सौदागरो का आंतक खत्म हुआ। ये रहा उसके सरदार का कटा हुआ सिर । सुल्तान जमालउद्दीन तख्त पर से उठकर सब दरबारियो के सामने रहमान उमर से कहता है कि जब तक तुम जैसा बहादुर योद्धा हमारे सल्लतनत में मौजूद रहेगा। तब तक कोई भी विदेशी आक्रमणकारी पर्शिया की धरती पर अपना कदम नही रखेगा। पूरे दरबारी अपनी तलवार निकालकर उसकी बहादुरी को सलाम किया। घायल रहमान उमर को इलाज के लिए शाही वैध के पास भेज दिया गया। उसी रात महल के पीछे वाले बगीचे में दो नकाब पोश एक–दूसरे से सामान की अदल–बदली करके

चुपचाप वहॉ से चले गये। (वारिद) गुप्तचर विभाग से एक सैनिक खत लेकर सुल्तान के पास आया। जिस से उनको पता चला कि आस– पास के इलाको में उनकी खुद की सेना ने कोहराम मचा रखी है। किसानो से अनाज लूटा ,पुरूषों को मारकर उनकी औरतो और बच्चों को दास मण्डियो में ले जाकर बेच दिया गया। मासूम जनता को इतना सताया गया है। कि सब आपके खिलाफ खड़े हो गये। महल पर किसी भी समय हमला हो सकता है। इन सब के जिम्मेदार आप खुद है सुल्तान। क्योकि सब कुछ आपके हुक्म पर हो रहा है। शाही सेना के पास आपका लिखित फरमान है। जिस पर शाही मोहर का निशान बना है। ऐसा ही एक फरमान सुल्तान के सामने पेश किया गया। उस फरमान को देखते ही सुल्तान जमालउद्दीन के पैरो तले से जमीन खिसक गयी। दरसल वो फरमान असली था। सुल्तान शाही मोहर की जॉच करने के लिए अपने कमरे में आये है। उसको सुरक्षित स्थान पर रखा देखकर सुल्तान

जमालउद्दीन उस गुप्तचर से कहते है कि किसी की साजिश है मासूम जनता को भड़काकर मुझे तख्त से हटाने की। इसका पता लगाने हम खुद वहॉ पर जायेगे। हमारी सेना को तैयार करो। महल के अन्दर अपनी अम्मी से तलवार बाजी सीखा रहा आरसालान। पिता को देखते ही दौड़कर उनके गले लग गया। सुंल्तान जमालउद्दीन आशिया बानो से कहता है कि मैं कुछ दिन के लिए महल से बाहर जा रहा हूॅ। आशिया बानो उनको बाहर जाने से रोकने लगी। मगर वह उसकी बातो को नजर अन्दाज करते हुए सुल्तान अपनी सेना के साथ महल से बाहर निकल पड़े। नगर के दरवाजे पर पहुॅचते ही सुल्तान कर पूरा शरीर नीला पड़ गया और वह लड़खड़ाकर घोड़े पर से नीचे गिर पड़े। इस से पहले की सेना उनकी मदद कर पाती देखते ही देखते सुल्तान की मौत हो गयी। पूरे पर्शिया में यह बात फैल गयी कि सुल्तान को खतरनाक जहर दिया गया था। जिसका इलाज

सात रेगिस्तान में किसी के पास नही था। सुल्तान जमालउद्दीन को शाही सम्मान के साथ दफना दिया गया। अभी ऑखो के आसू थमे भी नही थे कि छः साल के आरसालान को अगला सुल्तान घोषित कर दिया गया। सुल्तान के मरने की खबर फैलते ही चारो तरफ विद्रोहो की आग भड़क उठी। कुछ जमीदारो ने आरसालान को अपना सुल्तान मनाने से इंन्कार दिया । रहमान उमर नये सुल्तान से कहता है कि आस–पास के इलाको से विद्रोहो की खबर आने लगी है। अगर जल्दी ही इसे रोका ना गया। तो पूरा पर्शिया विद्रोहो की आग में जलकर खत्म हो जायेगा। सुल्तान के तख्त के बगल सात परदों के अन्दर बैठी आशिया बानो रहमान उमर से कहती है कि सेना के सबसे बेहतरीन और काबिल दास्तो को वहॉ पर भेजा जाये। कुछ दिनो के बाद सल्तलनत के आस–पास के इलाको में अमन और चैन एकबार फिर से कायम हो गयी। एक दिन दरबार में यमन देश का घोड़ासवार आशिया बानो को खत देकर कहता है कि मािल्लका सलामत

रहे। आपकी अम्मी सामिरन की तबियत लगतार बिगड़ती जा रही है। आखिरी बार वो आपको और सुल्तान को देखना चाहती है। इसलिये शाही पालकी आपको लाने के लिए यहाॅ पर भेजी हैं। उसकी बात सुनते ही आशिया बानो अपने बेटे को साथ लेकर राजमहल से निकल पड़ी। आधा रेगिस्तान पार करते ही उनकी सेना पर मौत के सौदागर हमला कर दिया। इस अचानक हमले से शाही सेना में भगदड़ मच गयी। चारो तरफ से लोगो की चीख पुकार और तलवार की आवाज सुनायी देनी लगी। पालकी में बैठा आरसालान डर के मारे अपनी अम्मी के आॅचल में छिप गया। इतने में चार नकाब पोश आशिया बानो को पालकी के अन्दर से घसीटकर तपती हुई रेत पर फेका दिया। आशिया बानो उन चारो से पूछती है कि तुम सब आखिर चाहते क्या हो ? चारो अपनी तलवार निकालकर उसकी ओर बढ़ते हुए कहते है कि तुम्हारी मौत। इस से पहले की आशिया बानो कुछ

समझ पाती। चारो ने मिलकर बड़ी बेहरमी से उनकी हत्या कर दी। आरसालान अपनी मरी हुई अम्मी के पास बैठकर जोर–जोर से रोने लगा। एक नकाब पोश उसको मारने के लिए जैसे ही तलवार उठाया। दूसरा नकाब पोश उसका हाथ रोक कर कहता है कि मासूम बच्चों को मारकर हम अपने दल का नाम बदनाम नही करेगे। सात रेगिस्तान के बाहर भी मौत के सौदागरो का नाम इज्जत से लिया जाता है। इसलिये इसको अंधा करके यहॉ पर मरने के लिए छोड़ दो। चारो ने मिलकर आरसालान की ऑखे फोड़ दी। वह दर्द से चीखते चिल्लाते हुए इधर उधर भागने लगा। कभी हाथ–पाव मरता तो कभी चिल्लाकर अपनी अम्मी और अब्बू को मदद के लिए पुकारता। उसको ऐसा करता देखकर सारे मौत के सौदागरो जोर –जोर से हॅसने लगे। पहला नकाब पोश उसकी तरफ तलवार फेक कर कहता है कि इस रेगिस्तान में जिन्दा निकल पाना। एक अन्धे के लिए नामुमकिन है। इस से पहले की भूख और प्यास तुझे मार

डाले। उस से पहले इस तलवार से खुद को मार डालना। आरसालान को रोता बिलकता छोड़कर सब लोग वहॉ से चले गये। कुछ देर बाद रेगिस्तान में धूल से भरी एक जबरदस्त आंधी आयी। जिसकी वजह से आरसालान अपनी अम्मी के लाश से बिछड़ा गया। हवा में उड़ती हुई रेत से आशिया बानो की लाश पूरी तरह से ढ़का गयी। वह तूफान से लगतार लड़ता हुआ आगे बढ़ने की कोशिश की। लेकिऩ हवाओ की ताकत ज्यादा होने कारण आरसालान लड़खड़ाकर रेत पर गिर पड़ा। फिर वो दुबारा उठ नही पाया। तूफान के शांत होते ही अपनी अम्मी को बहुत ढूढॅने की कोशिश की। मगर रेत के अलावा उसके हाथ कुछ नही आया। वह तलवार आकाश की तरफ उठाकर कहता है कि या खुदा इस तलवार में इतनी ताकत देना की। मैं उन शैतान को ढूढॅकर मार सकूॅ। जिसने मेंरी अम्मी को बड़ी बेहरर्मी मार डाला। क्योंकि अब से कयामत के दिन शुरू होने वाले है। इतना कहकर अपने

ऑखो से बहते हुए खून को चेहरे में पोछकर आगे बढ़ने लगा। दिन के समय पूरा रेगिस्तान आग की भट्ठी की तरह तप करता। तो रात में जम देनी वाली जबरदस्त ठण्ड हुआ करती। दिन–रात बिना थके बिना रूके लगतार चलते रहने के कारण उसके हाथ पाव में छाले निकले आये। होठ प्यास से सुख चुकी थी। वह उसको अपने जीभ से लगतार गीला करने की कोशिश कर रहा था। आखिरकार भूख और प्यास की लड़ाई में आरसालान हार गया और बेहोश होकर जमीन पर गिर पड़ा। उसी रास्ते से लुटेरो का एक दल शोर मचाते हुए वहॉ से गुजर रहा था। कि अचानक सुनसान तपती रेगिस्तान में एक मासूम बच्चे को बेहोश पड़ा देखा और सब ने उसको चारो तरफ से घेर लिया। लुटेरो का सरदार इब्राहिम अपने दल के साथ घोड़े से उतरकर उसके पास गया। जब इब्राहीम ने उस मासूम बच्चे को पलटकर देखा कि उसकी दोनो ऑखे फूटी हुई थी। उनके दल का एक साथी सरदार के पास आकर कहता है कि ये

बच्चा अन्धा है सरदार ! अन्धा और लगड़ो को हम अपने दल में शामिल नही करते। अगर आप कहे तो हम इसको किसी नगर में छोड़ दे। जहॉ पर ये भीख मॉगकर अपना पेट भर लेगा। इब्राहीम उस से कहता है कि नही लोमन! जरा इसके तलवार पकड़ने का तरीका तो देखो। ये बेहोश है लेकिन तलवार कितनी मजूबती से पकड़ रखा है जैसे कोई योद्वा। मुझे पूरा यकीन है कि ये एक दिन इस रेगिस्तान का अकेला बादशाह बनेगा। जब इसकी तलवार चलेगी तब पूरा रेगिस्तान कॉप उठेगा। जो भूख और प्यास से लड़कर इस रेगिस्तान में जिन्दा बच पाता है वही मौत को भी जीता है। इसको उठाकर अपने साथ ले चलो। इब्राहीम के कहने पर बेहोश पड़े आरसालान को घोड़ा पर लिटाकर वहॉ से निकल पड़े। आलदिया देश में पहुॅचकर लुटेरो का दल पुरानी कपड़ो की दुकान के अन्दर चला गया। जहॉ का बादशाह रिमझीम शराब और दासियों मे हमेशा डूब रहता। उसके शासन काल में

रिश्वत और लूटपाट की घटनाये काफी हद तक बढ़ चुकी थी। न्याय के बदले आम जनता को कोड़े मारे जाते। चपलूसो और बईमानो से पूरा नगर भरा हुआ था। वहॉ की जनता अपने बादशाह से खुश नही थी। इब्राहीम की मुलाकात दुकान की मालकिन शारीया से हुई जो चार कपड़ो की दुकान चलाया करती। इब्राहीम शारीया की गोद में आरसालान को देकर कहता है कि इसकी देखभाल की पूरी जिम्मेदारी तुम्हारी है। जब शारीया इसके बारे में पूछी।तब इब्राहीम ने पूरी कहानी बातता दी। वह अशरफियो से भरी दस थैलियॉ उसको देकर वहॉ से चला गया। रात होने पर इब्राहीम के मौजूदगी में लूट का सारा माल एक जगह इकट्ठा करके सब को बराबर हिस्सो में बॉट दिया गया। व्यापारी का पोशाक पहने सारे लूटेरे अपने हिस्से का माल वहॉ से उठाते हुए जश्न मनाने के लिए बाहर निकल पड़े। इब्राहीम अपने हिस्से की अशराफियो से अनाज और कपड़ा खरीदकर नगर की अंधरी गलियों में लेटे गरीब,

बूढ़े लाचार भिखारियो में बॉटने लगा। लोमन और शारीया सरदार से कहते है कि मैंने हमेंशा देखा है कि लूट का आधा माल आप इन गरीब में बॉट देंते है और अपने लिए कुछ भी नही रखते ऐसा क्यों ?। इस बात पर इब्राहीम मुस्कुराकर कहता है कि इनकी दुआ में बहुत ताकत होती है शारीया। जो मौत को भी हार सकती है। भूखे को खाना खिलाना और प्यास को पानी पिलाना एक नेक काम है। जिस से देखकर खुदा बहुत खुश होते है और हमारे सारे गुनाह माफ करके जन्नत का रास्ता खोलते है। सरदार की बात सुनकर दोनो चुप हो गये। सूरज के निकलने से पहले उनका दल आलदिया देश की सीमा से काफी दूर निकल गया। कुछ देर बाद पलंग पर लेटे हुए आरसालान को होश आया। वह चिल्लाकर अपनी अम्मी को पुकराने लगा। शारीया उसके पास आकर सिर पर हाथ फेरते हुए पूछती है कि कौन हो तुम ? और तुम्हारी अम्मी के साथ क्या हुआ। इस वक्त कहॉ

पर है वो। क्या बता सकते हो। आरसालान ऑसू पोछकर उनसे कहता है कि उनको मौत के सौदागरों ने मार डाला। शारीया उसको गले लगाकर कहती है कि चुप हो जाओ मेंरे बच्चे। अब तुम्हारी अम्मी खुदा के घर पर है और तुमको इस तरह से रोता देखकर उनको बहुत दुःख होगा। आरसालान शारीया से कहता है कि मुझे मौत के सौदागरों से बदला लेना है। जैसे ही पलंग से उठकर दरवाजा की तरफ बढ़ने लगा। कि तभी वह लड़खड़ाकर जमीन पर गिर पड़ा। शारीया उसके पास आकर कहती है कि जिस से तुम लड़ने जा रहे हो जरा उनकी ताकत के बारे में सुनते जाओ। तलवार बाजी और तीरअंदाजी के साथ हर तरह के हाथियार चलाने में उनसे बेहतर योद्धा पूरे सात रेगिस्तान में कोई नही। आज तक किसी ने भी उनके खिलाफ जंग का ऐलान नही किया। क्योंकि वो मौत के सौदागरों है– यानी मौत बॉटने वाला फरिश्ता। आरसालान शारीया से कहता है कि फिर आप ही बताइये कि मैं क्या करू। अपनी

अम्मी के हत्यारो को इस तरह ऐसे कैसे छोड़ दो। शारीया उसका हाथ पकड़कर कहती है कि इन बाजूओ को इतना मजबूत बनाओ की तुमसे टक्कराने से पहले कोई एकबार नही बल्कि सौ बार सोचे। आरसालान घुटनो के बल बैठकर उस से कहता है कि कौन सीखयेगा मुझे तलवार चलाना, आखिर कैसे बनूँगा सात रेगिस्तान का सबसे शक्तिशाली योद्धा। शारीया उसके सिर पर हाथ फेरकर कहती है कि उसकी चिंता तुम मत करो बेटा। कल से ही तुम्हारी तालीम शुरू हो जायेगी। अगले दिन–शारीया आरसालान को अपने साथ घर के नीचे बने एक खुफिया तहखाने मे ले गयी। जहॉ पर दुनिया भर के अलग–अलग तरह के हाथियार मौजूद थे। शारीया आरसालान से कहती है कि इन सब हाथियार को छूकर महसूस करो। क्योंकि इन्हे चलाने में तुमको माहिर होना है। अब से तुम कानो से देखोगे और सिर्फ धरती की आवाज को सुनोगे। हमलावर किधर है और कहॉ से हमला करेगा। वो

कितनी दूरी पर है। उसने अपने शरीर में कितने हाथियार कहाॅ छिपा रखे है ये सब तुम्हें सीखना होगा। इतना कहकर वह जोर से ताली बजायी। उस ताली की आवाज सुनते एक बूढ़ा सा फकीर उनके सामने आया। आरसालान का हाथ उस फकीर के हाथ में देकर कहती है कि अब से यही तुम्हारे उस्ताद है आरसालान। हर कीमत पर इनका हुक्म मानना। इसके बाद शारीया वहाॅ से चली गयी। बढ़ा फकीर आरसालान की ऑखो में रेशमी पट्टी बाधकर उसका नाम पूछा। उन्हें अपना नाम बताकर उनके बारे में पूछा। तब वह बूढ़ा फकीर उस से कहता है कि मेंरा नाम आखीरा है ,सबसे पहले तुमको अपनी सुनने की शक्ति को बढ़ना होगा। ताकि हमलवार कहाॅ पर खड़ा है या कहाॅ छिपा है ? उसके बारे में अनुमान लगाकर ही उसको मार जा सकता है। आखीरा उसके कान के दायें–बाये घण्टी बजायी और उस से पूछता कि ये आवाज कहाॅ से आ रही है दूर से या पास से। इसको ध्यान से सुनो बाकी सब कुछ भूल जाओ।

युद्ध में आवाज ही तुम्हारी जान बचायेगी। आरसालान को लगतार तीन साल तक नगर के अलग–अलग बाजारो में छोड़कर वापस घर आने को कहा गया। वह कभी एक दिन में। तो कभी दो दिन के अन्दर घर पहुँचने लगा। धीरे–धीरे वह अपनी सुनने की शक्ति इतनी बढ़ा लिया। कि आवाज को सुनते ही उसके दिमाग में आस–पास का चित्र बनाने लगता। जिस से उसको आसानी से पता चल जाता कि कौन किधर खड़ा है। किस दिशा में है और उसकी गति कितनी है और पहुँचने में कितना समय लेगा। यह देखकर आखीरा बहुत खुश हुआ। वह आरसालान से कहता है कि आज से तुम्हारी तलीम पूरी हुई। कल से तलवार बाजी और तीरअंदाजी का गुण सिखाऊँगा। ताकि युद्ध में हमला और बचाव करने का तरीका जान सकोगे। आखीरा उसको लड़ाई के हर दॉव–पेच और बिना रूके लगतार एक साथ कई तीर चलाना सिखाया। कुछ महीनो में आरसालान हर तरह के हाथियार

चलाने में काफी माहिर हो गया। बिजली से भी तेज चमकती उसकी तलवार की धारा और तूफान से भी तेज कमान से निकली तीर। जिसको खुली ऑखो से देख पाना नामुमकिन था। लड़ाई के दॉव–पेचों में चीते जैसी फुतीर्ली और घूसो में दस हाथी के बराबर की ताकत। आखीरा उसका अभ्यास देखकर हैरान हो गया। वह आरसालान के पास आकर कहता है कि मुझे पूरा यकीन है कि एक दिन तुम इस सात रेगिस्तान के अकेले बादशाह बनोगे। आरसालान उनके पॉव में तलवार रखकर कहता है कि उस्ताद ये सब आपकी दुआ का और खुदा की रहम का असर हैं। जिसने आपको मेरे पास भेजा। ताकि मैं मौत के सौदागरो से बदला सकूॅ। मौत के सौदागरो का नाम का सुनते ही आखीरा उस से कहता है कि उनसे लड़ने का मतलब का जानते हो सीधा शैतान से टक्कर लेना। वो लोगो में मौत बॉटने वाले फरिश्ता के नाम से काफी महशूर है। आरसालान उस से कहता है कि चाहे वो शैतान हो या फिर इंसान।

मैं सिर्फ इतना जनता हूँ कि उन लोगो ने मेरी अम्मी को मार था। इतना कहकर जैसे ही वहाँ से जाना लगा। उसी समय आखीरा जमीन पड़ा पत्थर उठाकर पूरी ताकत से उसकी तरफ फेका। अचानक हवा में पैदा हुई हलचल से उसके कान खड़े हो गये और आने वाले पत्थर की सही स्थिति की जानकारी के साथ उसका पूरा चित्र आरसालान के मस्तिष्क में बन गया। जिस से उसको पता चल गया। कि वो पत्थर किस दिशा में हैं और उसकी गति कितनी है। और पहुँचने में कितना समय लगेगा। इस से पहले की वो पत्थर आरसालान को छू पाता। वह तलवार के एक ही वार से उसके दो टुकड़े कर डाला। उसकी काबिलयत को देखकर आखीरा बहुत खुश हुआ। आरसालान अपनी तलवार जमीन में धँसाकर वहाँ से चला गया। उसके जाने के बाद शारीया आखीरा के पास आकर कहती है कि उस्ताद आपने तो इसको एकदम हाथियार (औजार) बना दिया। मैंने अभी भी इसकी

काबिलयत देखी। आखीरा शारीया से कहता है कि आपको तो खुश होना चाहिये कि श्याद ये मौत की घाटी में कमाल कर दिखाये। शारीया उनसे कहती है कि खुदा करे की आपकी हर बात सच निकले। आरसालान लकड़ी का एक डण्डा लेकर बाजारों में घूमने के लिए निकल पड़ा। नगर के चौराहा पर पहुॅचते ही उसको एक व्यापारी की आवाज सुनायी दी। वह चिल्लाकर आते–जाते लोगो से कहता है कि आइये हमारे पास अलग–अलग देशो के हर गुलाम मौजूद है वो भी सस्ते में। केवल दो सोने के सिक्के, ऐसा मौका दुबारा नही मिलेगा। उसकी बात सुनते ही लोगो की काफी भीड़ वहॉ पर जमा होने लगी। भीड़ में खड़े लोग औरतो–बच्चो और पुरूषो की बोलियॉ लगाने लगे। आरसालान सब को हाटते हुए धीरे–धीरे आगे बढ़ने लगा। कि तभी उस व्यापारी के जल्लाद रूपी अंग रक्षक आरसालान को रोककर कहते है कि अन्धो और लगड़ो की यहॉ पर कोई जगह नही मुसफिर आगे जाकर भीख मॉगो।

उनकी बात को सुनकर चुपचाप वहॉ से जाने लगा। अचानक वो व्यापारी एक गर्भवती महिला को सबके सामने लाकर कहता है कि सिर्फ दो चॉदी के सिक्के और ये गुलाम आपकी। इस गुलाम औरत के साथ इसके पेट में पल रहा बच्चा भी मुफ्त हैं। ऐसा मौका दुबारा नही मिलेगा। वह गर्भवती महिला उस व्यापारी से गिड़गिड़ाकर कहती है कि खुदा के लिए मुझ पर रहम करो और यहॉ से जाने दो। उसकी बात पर वो व्यापारी शैतान की तरह जोर–जोर से हॅसने लगा। वह गर्भवती महिला मौका पाते ही वहॉ से भागने की कोशिश की। लेकिन व्यापारी ने उसको पकड़ लिया और जबरदस्त दो –तीन थप्पड़ मारकर जमीन पर गिरा दिया। वह अपने अंग रक्षक को हुक्म देकर उस महिला को कोड़े से मारने के लिए कहा। शरीर पर कोड़ा पड़ते ही उसकी चीखे चारो दिशाओ में गुॅज उठी। बाजार में खड़े सब लोग उसकी ओर देखकर तमाशे का मजा लेने लगे। उस भीड़ में एक शख्स

ऐसा भी था जो उसकी दर्द भरी आवाज को सुनकर अपने आपको रोक नही पाया।वो था आरसालान। उसके दिल की धड़कन लगतार बढ़ती चली जा रही थी। कान आस–पास के माहौल का पूरा चित्र मस्तिष्क में भेजने लगा। वह तेजी के साथ भीड़ को हटाते हुए आगे पहुँचा। एकबार फिर से आरसालान को खड़ा देखकर अंग–रक्षक उसके पास आकर कहता है कि तुम फिर चले आये, हमने कितनी बार समझाया की यहाॅ अन्धे और भिखारियो का कोई काम नही। आरसालान घोड़ागाड़ी में बन्द सारे गुलामो की ओर उॅगली दिखाकर कहता है कि इन सब को आजाद कर दो! मै यहाॅ से चुपचाप चला जाऊॅगा। उसकी बात सुनते ही सब अंग रक्षक हॅसने लगे। उनको हॅसता देखकर वह व्यापारी पास आकर इसका कारण पूछा। तब वहाॅ पर खड़े अंग रक्षक ने उसको बताया कि ये अन्धा इन गुलाम को आजाद करने के लिए कह रहा है। इस बात से व्यापारी का गुस्सा सातवे आसमान पर पहुॅच गया। वह आरसालान को धक्का मारकर पीछे

ढकेलते हुए कहता है कि तू कौन होता है हुक्म देने वाला! कोतवाला या यहाँ का होने वाला सुल्तान। आरसालान उस व्यापारी से कहता है कि बस बहुत हुआ! अगर तुमने एकबार और धक्का दिया तो बात बिगड़ा सकती है। उसकी बात को हँसी में उड़ाकर वह व्यापारी उस से कहता है कि तू मेरा क्या बिगड़ा लेगा। फॉसी लगवा देगा या कोड़े से मार खिलवायेगा। ऐसा हाथ मारूँगा ना की रोते हुए अपनी अम्मी के पास भाग जायेगा। तब तक आरसालान के सब्र का बाधा टूट गया। वह पूरी ताकत से व्यापारी के पेट में इतना जबरदस्त घूँसा मारा। कि उसका शरीर हवा में उछलकर सामने वाली दुकान के अन्दर जा गिरा। आरसालान की ताकत को देखकर सारे अंग रक्षक के चेहरे पर पसीन आ गया। सब अपनी तलवार निकालकर उसको चारो तरफ से घेर लिया। तलवार की आवाज सुनते ही आरसालान के कान खड़े हो गये। वह अंग रक्षक की सही स्थिति और उनके

हाथियारो की जानकारी का चि़त्र अपने आप मस्तिष्क में बनने लग लगा। उसी समय सब अंग रक्षक ने मिलकर आरसालान पर हमला किया। वह अपनी लकड़ी से उन सब के वारो को रोककर दूसरी तरफ उछाल दिया। जिसे सब लड़खड़ाकर जमीन पर गिर पड़े। वह लकड़ी को तलवार की तरह इस्तेमाल करके उन सब को हार दिया। इतने में नगर का कोतवाल सेना की छोटी सी टुकड़ी लेकर वहाँ पर आ गया। व्यापारी नगर के कोतवाल से कहता है कि हुजूर इस अन्धे लड़के ने मेरा पैसा छिनने की कोशिश की। जब मैने इसको पैसा देने से इन्कार किया। तो ये हाथ–पायी पर उतार आया और ये देखिये कितनी बेरहमी से इसने मेंरे अंग रक्षक को मार है। वह घड़ियाली ऑसू बहते हुए चुपके से कोतवाल के जेब में अशरफी से भरी थैली डाल दी। कोतवाल उसकी तरफ देखकर समझ गया कि उसको क्या करना हैं। व्यापारी–कोतवाला से इसको चोरी करने और नगर में अराजकता फैलाने का झूठ आरोप लगाकर बन्दी

बनाने का इशारा किया। कोतवाल आरसालान को डॉटते हुए कहता है कि नगर में अराजकता फैलाने और शरीफ इज्जतदार लोगो से मार पीट करके उनसे पैसा वूसलने के आरोप में तुमको गिरफ्तार किया जाता है। कोतवाल के हुक्म पर उसको गिरफ्तार करने के लिए जैसे ही सेना आगे बढ़ी। वैसे ही आरसालान चिल्लाकर उनको सावधान किया कि इस रिश्वत खोर की बात मानकर अगर किसी ने एक कदम भी आगे बढ़ाया तो अपनी मौत का जिम्मेदार खुद होगा। कोतवाल गुस्साकर उस से कहता है कि तुम्हारी हिम्मत कैसे हुई। मुझे रिश्वतखोर कहने की और सुल्तान की शाही सेना को हुक्म देने की। आरसालान उस से कहता है कि ये हिम्मत मेरे अन्दर तब आयी। जब तुमने उस व्यापारी से रिश्वत लिया। मैं तुमसे वादा करता हूॅ कि ये रिश्वत तुम्हारे जिन्दगी की आखिरी रिश्वत होगी। उसने सेना को हुक्म दिया खत्म कर दो इस शैतान को। शाही सेना तलवार और भाला

लेकर आरसालान को मारने के लिए दौड़ पड़े। जमीन पर पड़ी तलवार को हाथ से उठाया और हवा में इधर–उधर नाचतें हुए उनकी तरफ दौड़ पड़ा। तलवार के बहतरीन दॉव पेचो से उन सब को हैरान कर दिया। किसी को भी उसका वार समझ में नही आ रहा था। क्योकि उसकी तलवार बिजली से भी ज्यादा तेजी थी। पलक झपकने से पहले हमला कभी इधर से। कभी उधर से हमला करके शाही सेना को वहॉ से भागने पर मजूबर कर दिया। यह देखकर कोतवाल का खून खौल उठा और वह अपनी तलवार निकालकर उसको मारने के लिए दौड़ पड़ा। लड़ते समय कोतवाल को पता चला कि जिस शख्स से लड़ रहा है वह कोई मामूली इन्सान नही हैं। आरसालान अपनी तलवार की गति को इतना तेज कर लिया। कि उसको खुले ऑखो से देख पाना नामुमकिन था। इस से पहले की वो कुछ समझ पाता। उसका दाया हाथ काट दिया। अपने कटे हाथ को देखकर चिल्ला ही पाया था कि उसका बाया हाथ भी कटकर जमीन

पर छटपटाने लगा। कोतवाल अपनी जान बचाकर वहाॅ से भागने लगा। भागने की आवाज को सुनकर आरसालान को पता चला गया कि वो कितने दूरी पर है। बाजार में मरे हुए अंग रक्षक के शव के पास से भाला उठाया और पूरी ताकत से उसकी तरफ फेका। वह भाला हवा को चीरते हुए सीधा कोतवाल के पीठ जा लगा। जिसे उसकी मृत्यु वही पर हो गयी। यह देखकर व्यापारी चुपचाप वहाॅ से भाग खड़ा हुआ। कोतवाल के मरने से बाजार में भगदड़ मच गयी। इसी मौका का फायदा उठाकर आरसालान गुलाम से भरी गाड़ी को अपने साथ लेकर भाग निकला। कोतवाल के मरने की खबर सुल्तान के पास पहुॅची। वह अपने सिपाह–सालार (सेनापति) मनजीर को सेना की छोटी सी टुकड़ी के साथ वहाॅ पर भेजा और यह हुक्म दिया कि उस अन्धे लड़के को घोड़ो से बाॅधकर घसीटते हुए शाही दरबार में लाओ। इधर आरसालान घोड़ो को हवा की गति से दौड़ता जा रहा था। ताकि जल्द से

जल्द इस नगर से बाहर निकल पाये। उधर सिपाह सालार मनजीर ने सेना को बाजार में फैल जाने का हुक्म दिया। ताकि उसका पता लगाया जा सके। लेकिन उस लड़के के बारे में कुछ नही पता चला। शाही सेना की सारी टुकड़ी खाली हाथ वापस लौट आयी। अचानक वो व्यापारी घुटनो के बल बैठकर कहता है कि मेरे हुजूर में बरबाद हो गया। आपके होते हुए उस अन्धे लड़के ने कोतवाल साहब को बड़ी बेरहमी से मार डाला और गुलाम से भरी गाड़ी को भी अपने साथ लेकर भाग निकला। मनजीर शाही सेना से कहता है कि वो अन्धा लड़का जरूर नगर से बाहर भागने कोशिश करेगा। इसलिये नगर के फाटक पर भीगी लकड़ी को जलाकर इतना धुऑ कर दो। कि कोई भी उसको रास्ता नही बात पाये। सिपाह सालार की बात मानकर शाही सेना ने वैसा ही किया। देखते ही देखते भीगी लकड़ी से इतना धुऑ पैदा हुआ कि पूरा बाजार उसी में ढक गया। मनजीर खुद सेना के साथ एक ऊॅची मीनार पर खड़े होकर उसका

इतंजार करने लगा। अचानक दूर से एक घोड़ागाड़ी इसी तरफ आती हुई दिखायी दी। वह व्यापारी मनजीर के कान के पास आकर कहता है कि हुजूर वो रहा बदमाश लड़का। मनजीर अपना हाथ उठाकर उस से कहता है कि तुम्हारे गुलाम तुमको वापस मिल जायेगे। वह मन में कहता है कि तुम इस नगर से बाहर नही निकल पाओगे अन्धे लड़के। मनजीर ने सेना को हुक्म दिया कि जब वो लड़का गाड़ी रोकेगा तब उसको जल्दी से गिरफ्तार कर लेना। एक–एक करके सारे सैनिक आम जनता की भीड़ में शमिल हो गये। आरसालान गाड़ी की गति को बढ़ता चला जा रहा था। लकड़ी के पिजंरे में बन्द गर्भवती महिला आरसालान को बातयी कि पूरे नगर में धुऑ फैला हुआ जिसकी वजह से कुछ नही दिखायी दे रहा। श्याद गाड़ी रोकनी होगी। आरसालान गर्भवती महिला से कहता है कि ऐसा नही हो सकता! हम यहॉ से सही सलामत बाहर निकल जायेगे। गर्भवती

महिला उस से कहती है कि लेकिन कैसे?! आरसालान उस से कहता है कि तुम सब चिता मत करो, बस मुझ पर भरोसा रखो। इतना कहकर वह घोड़गाड़ी के साथ उस धुए के अन्दर चला गया। उसका दिल तेंजी से धड़कन शुरू कर दिया और कान आस–पास की हर छोटी–मोटी आवाज को सुनने की कोशिश करने लगा। नगर के फाटक के पास खड़े दो पहरेदार की खॉसने की आवाज सुनायी दी। जिस आरसालान को पता चल गया कि नगर से बाहर जाने का रास्ता किधर है। ? वह गाड़ी की गति को बढ़ाकर बड़ी तेजी के साथ अलदिया देश की सीमा से बाहर निकल गया। यह देखकर मनजीर हैरान हो गया। उसको समझ में नही आया कि आखिरकार उस अन्धे लड़के को बाहर जाने का रास्ता किसने बातया। जब की चारो तरफ तो धुआ फैला हुआ था। एक सैनिक उसके पास आकर कहता हैं कि हुजूर बागी भाग गये। मनजीर अपना हाथ तलवार पर रखकर मन में कहता हैं कि कोई बात नही। हमारी मुलाकात

बहुत ही जल्द होगी अन्धे लड़के। इतना कहकर वो अपनी सेना के साथ वहॉ से चला गया। रेगिस्तान पहुँचने पर घोड़ागाड़ी में बन्द सारे गुलाम के चेंहरो पर खुशी की मुस्कान नजर आयी। आरसालान ताला तोड़कर सब को आजाद कर दिया। सारे गुलाम आजाद होकर आरसालान को गले लगाते हुए शुक्रिया कहा है और उसका नाम पूछा। वह अपना नाम बताकर सब को तुरन्त ही यहॉ से निकल जाने को कहा। वह गर्भवती महिला आरसालान के सिर पर हाथ रखकर कहती है कि आज तुम्हारे कारण ही मेरा होने वाला बच्चा खुले आसमान के नीचे आजादी की सांस ले पायेगा। खुदा करे तुमको मेरी भी उम्र लग जाये। ताकि तुम हम जैसे मजबूर और बेसहारो का सहारा बन सको। इसके बाद सारे गुलाम वहॉ से कही दूर चले गये। जहॉ उनका कोई पीछा ना कर पाये। आरसालान गाड़ी में से एक घोड़ा निकाला और उस पर बैठकर वहॉ से चला गया। रात के समय

चोरी छिपे अलदिया देश में दाखिल हुआ। घर आने पर शारीया ने उसको बातया है कि सुल्तान के शाही सेना भूखे भेड़ियो की तरह तुमको हर जगह खोज रही है। चित्रकार की मदद से तुम्हारी तस्वीर बनाकर उसको गलियों और बाजारो की दीवारो पर चिपका दिया गया है। सही सूचना देने वाले को और तुमको पकड़ाने वाले को सुल्तान की तरफ सोने से भरी दस हजार थैलिया इनाम के तौर पर दी जायेगी। आरसालान अपनी तलवार मेज पर रखते हुए कहता है कि मुझे मौत से डर नही लगता अम्मी हुजूर। इतना कहकर आरसालान बाहर जाने लगा। कि तभी शारीया पीछे से आवाज देकर कहती है कि मगर मैं कोई खतरा उठाना नही चाहती। क्योंकि तुम मेंरे बेट जैसे हो। कल सुबह होते ही दक्षिण दिशा की ओर निकल जाना। वहॉ पर कोमिया नाम का एक छोटा सा नगर आयेगा। जो बदमाशो और लुटेरो के लिए पूरे रेगिस्तान में बदनाम है। शाही सेना और सिपाह सालार वहॉ जाने से डरते हैं। अगर कोई गलती

से भी उनके नगर में आ जाये तो वापस जा नही पाता। क्योकि बड़ी बेहरमी से मारकर उसकी लाश को नगर के बाहर लटका दिया जाता। ताकि कोई भी यहॉ आने की गलती दुबारा ना करे। कोमिया नगर पहुॅचने पर अजमाल को ढूढॅना और उसको ये अंगूठी दिखा देना। बाकी वो खुद समझ जायेगा। वह अपनी अंगूठी उतारकर उसको दे दी। इस से पहले की आरसालान उनसे कुछ कह पाता, वह चुपचाप वहॉ से चली गयी। सुबह की पहली किरण रेगिस्तान में पड़ते ही आरसालान घोड़े पर सवार होकर अलदिया देश को छोड़ दिया। रेगिस्तान की कई घाटिया को पार करने बाद आरसालान कोमिया नगर पहुॅचा है। जो रेगिस्तान के अंतिम सीमा पर बसा हुआ था। वह जैसे ही घोड़े के साथ नगर के अन्दर आया। उसी समय बदमाशो और लुटरो का दल उसको तरफ से घेर लिया। एक बदमाश उसके सामने आकर कहता है कि अपनी सही पहचान बताओ मुसाफिर। वरना यही पर मारे

जाओगे। आरसालान उन सब से कहता है कि देखो में लड़ना नही चाहता। बस किसी की तलाश में यहाॅ पर आया हूॅ। अचानक मौका का फायदा उठाकर एक काना लुटेरा उसके जेब से सोने से भरी अशरफियो की थैली चुराने की कोशिश की। ये समझकर की इस अन्धे लड़के को कुछ पता नही चलेगा। आरसालान अपनी तलवार निकालकर काना लुटेरा की ओर दिखाते हुए कहता हैं कि ऐसी गलती दुबारा मत करना। वरना चोरी के लिए जिन्दा नही बचोगे। काना लुटेरा उस से कहता हैं कि तुम जाफर को धमका रहे हो। जिसे पूरा रेगिस्तान डरता है। ना जाने कितने औंरतों–बच्चों को मार हैं और उन्हे गुलामो की मण्डियॉ में ले जाकर बेचा। इन्ही हाथों से गॉव–नगरों को लूटा भी हैं औंर जलाया भी। सुल्तान के शाही सेना से लड़ते समय मैंनें अपनी एक ऑख भी गॅवा दी। तुम्हारी भलाई इसी में हैं। कि अपनी सारी अशरफियॉ मेरे हवाले कर दो। मैं वादा करता हूॅ कि तुमको कोमिया नगर से सही सलामत जाने

दूँगा। आरसालान–जाफर से कहता हैं कि हिम्मत है तो छिनकर दिखाओ। उसकी बात सुनकर जाफर का गुस्सा सातवें आसमान पर पहुँच गया। वहॉ पर खड़ी भीड़ जाफर का हौंसला बढ़ाते हुए कहती हैं कि छीन लो इसकी सारी अशरफियॉ और मार डालो इस जाफर। लोगो की आवाज और हॅसी उसके कान तक पहुॅची और आस–पास का पूरा चित्र उसके मस्तिष्क के अन्दर बनने लगा। जिसे उसको पता चला गया कि नगर में खड़े लोगो के पास कौन–कौन से हाथियार मौजदू हैं और वो सब कितनी दूरी पर है। जाफर उन सब की तरफ देखकर मुस्कुराते हुए आरसालान की तरफ बढ़ने लगा। कुछ देर में दोनो एक दूसरे के आमने–सामने खड़े हो गये। जैसे ही जाफर अपना हाथ आगे बढ़ाकर उसकी अशरफियो से भरी थैली को छिनने की कोशिश की। उसी समय आरसालान का एक जबरदस्त लात उसके सीने पर पड़ा और जाफर उछालकर जमीन पर गिरा पड़ा। चिल्ला रही

भीड़ एकदम शान्त हो गयी। भीड़ में खड़ा एक बढ़ा आदमी जाफर की नाड़ी छूकर सब को बातया कि हमारे नेता जाफर को इस अजनबी मुसाफिर ने मार डाला। इतना सुनते ही जाफर के समर्थक अपना दल लेकर आरसालान को मारने के लिए दौड़ पड़े। वह भी तलवार निकालकर उनसे लड़ने के लिए तैयार हो गया। शराब के दुकान अन्दर खड़ी हुई एक लड़की बाहर चल रही लड़ाई को गौर से देख रही थी। जाफर के समर्थक मिलकर उस पर एकसाथ हमला किया। आरसालान अपनी तलवार से उन सब के वार को रोककर दूसरी तरफ उछाल दिया। वह तलवार बाजी के सबसे बहतरीन दॉव–पेंचो दिखाने लगा। धीरे–धीरे अपने लड़ने की गति को इतनी तेज कर लिया। कि जब तक लुटेरे उसके वार को समझ पाते। तब तक सब घायल हो चुके थे। जमीन पर पड़े शव और तलवार से टपकता खून को देखकर सारी भीड़ डर कें मारे चुपचाप पीछे हटने लगी। आरसालान को गलियो में अकेला घूमता देखकर शराब की दुकान

पर खड़ी लड़की उसके पास जाकर कहती हैं कि श्याद इस नगर में तुम नये आये हो। क्या मैं तुम्हारी मदद कर सकती हूॅ। आरसालान उस लड़की से कहता हैं कि तुमने सही अन्दाजा लगाया और दरसल मैं आजमाल को ढूढॅा रहा हूॅ। उसकी बात सुनकर वह लड़की जोर–जोर से हॅसने लगी हैं। उसको हॅसता देखकर आरसालान मन में सोचने लगा कि श्याद ये पूरा नगर पागलो से भरा हुआ हैं। वह लड़की आरसालान से कहती हैं कि मेंरा ही नाम आजमाल हैं। आरसालान–आजमाल से कहता हैं कि तुम तो एक लड़की हो। मुझे तो यकीन नही हो रहा हैं। आजमाल–आरसालान से पूछती हैं कि तुमको यहॉ पर किसने भेजा। आरसालान अपने जेब से अंगूठी निकालकर उसको दे दिया। वह अंगठी देखकर उस से कहती हैं कि यानी तुमको शारीया अम्मी ने यहॉ पर भेजा हैं। अब तुम्हारे पास सिर्फ दो दिन का ही समय बच है। मौत की घाटी पहुॅचने में। आरसालान उस से

कहता है कि मौत की घाटी! इसका क्या मतलब है ?। आजमाल उसको बातयी हैं कि दरसल मौत की घाटी कोई खतरनाक जगह नही है बल्कि उस जगह का नाम है। जहॉ पर दुनियॉ भर के शक्तिशाली योद्धा लड़ाई के लिए जमा होते है और जीतन वाले को इतना धन दिया जाता हैं कि अगर सौ पीढ़िया भी बैठकर खाये ना। तब भी खत्म ना हो। लेकिन इस बार जीतने वाले को विश्व का सबसे मजबूत लोहा दिया जायेगा। जो अठारह अलग–अलग धातुओ से मिलकर बना हैं। इसलिये ये प्रतियोगिता पहले से भी ज्यादा खतरनाक और मुशकिल होगी। आरसालान–आजमाल से कहता हैं कि वो मजबूत लोहा मुझे ही मिलेगा। आजमाल उस से कहती हैं कि अन्धे होने के बावजूद तुमने इतना अच्छा लड़ना कहॉ से सीखा। आरसालान उस से कहता हैं कि उस्ताद आखीरा और शारीया अम्मी से सीखा। आजमाल उस से कहती हैं कि मुझे तो यकीन नही हो रहा है कि इस तरह की लड़ाई तुमने उस्ताद आखीरा से सीखी। जिन्होने

मौत के सौदागरो को लड़ना सिखाया था। शारीया अम्मी आवाज को सुनकर लड़ने की कला में काफी माहिर हैं। उनसे बेहतर योद्धा सात रेगिस्तान में कोई नही। आरसालान घूँसा मारकर सामने की दीवार को तोड़ते हुए कहता हैं कि आज उनकी वजह से लाखो लोग बेघर और यतीम (अनाथ) हुए। आजमाल उस से कहती है कि इनमें उनका कोई कसूर नही। वो सब तो मामूली इंसान बनकर उनके पास लड़ाई सीखने गये थे। लेकिन तलीम के खत्म होने पर उन्होंने नगरो और शहरो में लूटपाट मचा दी। जब उनका बेटा खुरामा ने विरोध किया। तो उसको बेहरर्मी से मार डाला। तब उस्ताद आखीरा ने अपने बेटे की लाश के पास खड़े होकर कसम खायी। कि अब से वो किसी को भी शार्गिद (शिष्य) नही बनायेगे। अम्मी शारीया अपने पति के साथ पालकी में बैठकर उनके घर जा रही थी। कि तभी मौत के सादागरो ने उनके काफिलो पर हमला कर दिया और जमकर लूटपाट

की। जब उनके पति ने इसका विरोध किया तो उन्हे भी बड़ी बेहरमीं से मार डाला। अम्मी शारीया घोड़े पर सवार होकर वहॉ से भाग निकली और अलदिया देश आ गयी। जहॉ पर उनकी मुलाकात उस्ताद आखीरा से हुई। उसकी बेबसी को देखकर उन्होने शारीया को अपनी बेटी बना लिया। तब से लेकर आज तक दोनो एक साथ रहते हैं। अम्मी शारीया ने तुमको अपना बेटा माना हैं। श्याद इसलिये उस्ताद आखीरा ने लड़ाई की वो सारी कला तुम्हें सिखायी।जो उन्होने मौत के सादागरो को सिखाया था। आसालान–आजमाल से वादा किया कि मौत के सादागरो का पता लगाने के लिए रेगिस्तान का सीना फाड़ डालूँगा। लेकिन किसी भी कीमत पर उन्हे जिन्दा नही छोड़ोगा। दोनो तूफानी घोड़े पर सवार होकर कोमिया नगर से निकल पड़े। पर्वतो और जंगलो को पार करके शैतानी रेगिस्तान की सीमा में दाखिल हुए। उस जगह का नाम इसलिये पड़ा क्योंकि दूर–दूर तक पेड़–पौधो और जानवरो का बिल्कुल नामो निशान

नही था। सिर्फ चारो तरफ रेत ही रेत दिखायी दे रही थी। पानी के बैगर पूरा रेगिस्तान एक तपती भट्ठी की तरह जल रहा था। जब भी इस रास्ते से मुसाफिरो का काफिला गुजरता। तब यहॉ के लूटरे उनका सारा धन लूटकर मार डालते। तपती रेगिस्तान में दोनो बड़ी तेजी के साथ भागते जा रहे थें। अचानक उनकी नजर लूटरो के एक दल पर पड़ी। जो शाही सेना से लड़ रहे थे, तो कुछ शिकारी कुत्तो की तरह पालकी की तरफ धीरे–धीरे बढ़े रहे थे। आजमाल–आरसालान का हाथ पकड़कर कहती है कि हमें बिना लड़ाई किये ही यहॉ से निकलना होगा। दोनो चुपचाप वही पर खड़े होकर तमाश देखने लगे। लूटेरो का दल शाही सेना की टुकड़ी पर भारी पड़ने लगा। एक घायल सैनिक आरसालान के पास आकर कहता हैं कि खुदा के लिये के लिए हमारी होने वाली माल्लिका की जान बचा लो। आरसालान को कमान पर एक साथ कई तीरो को चढ़ता देखकर आजमाल उस से

कहती हैं कि ऐसा मत करना। वरना यहॉ पर युद्ध शुरू हो जायेगा। आरसालान–आजमाल से कहता हैं कि अगर डर लगता है। तो अपनी जान बचाकर यहॉ से भाग जाओ। इतना कहकर सारे तीरे एक साथ छोड़ दी। सारे तीरे हवा को चीरते हुए लूटेरो को जा लगे। और देखते ही देखते उनका दल मौत की गहरी नीद में सो गया। आजमाल उसके अचूक निशाने बाजी को देखकर एकदम हैरान हो गयी। आरसालान शाही पालकी के पास आकर कहता हैं कि अब आप सुरक्षित है इस पालकी से बाहर आ सकती हैं। उसके अन्दर से एक खूबसूरत जापनी लड़की बाहर आयी। जो बिल्कुल महारानी की तरह दिखायी दे रही थी। उसने रेशमी कपड़े पहने हुए थे। जापनी लड़की आरसालान से कहती है कि मेरी जान बचाने के लिए तुम्हारा शुक्रिया अजनबी। आरसालान उस से कहता है कि आपकी आवाज से लग रहा हैं कि आप यहॉ की नही। बल्कि किसी दूसरे देश से आयी हैं। वह लड़की उस से कहती हैं कि आपने बिल्कुल ठीक पहचान। मैं जापान देश

की राजधानी येदो से आयी हूॅ (येदो जापान की पुरानी राजधानी का नाम था जिसे बाद में बदलकर उसको नया टोक्यों रखा गया) मेरे पिता जी समाट् गोनशु के प्रधानमंत्री है। एक दिन पर्शिया के बादशाह कमाल पाश जापान देश घूमने के आये। समाट् गोनशु ने व्यापारिक सबंध को मजबूत बनाने के लिए राजमहल में बुलाकर उनका खूब आदर सत्कार किया। राजमहल में अकेला घूमता देखकर बादशाह ने मुझे पसंद कर लिया। उन्होने समाट् गोनशु और मेरे पिता जी से कहा कि वो मुझे पर्शिया की महारानी बनाने चाहते हैं। यह बात सुनते ही दोनो मना नही कर पाये। इसके बदले बादशाह ने पर्शिया के उच्च नस्ल के 700 से घोड़े , 8000 हजार हाथी , 50,000 बेहतरीन सैनिक के दल के साथ धन–दौलत से भरी कई बाक्से उनको उपहार के रूप दी। इस शादी से दोनो की देशो की सैन्य–शक्ति और व्यापारिक सम्बंध काफी मजबूत हो जायेगे। आजमाल उस जापनी लड़की

से कहती है कि बहुत हो गया मेरा–देश मेरा–देश। पहले अपना नाम तो बताओ ?। जापनी लड़की उन दोनो से कहती है कि माफ कीजियेगा बातो ही बातों में अपना नाम तो बताना भूल ही गयी। वैसा मेरा नाम लाऊचिंग हैं। अचानक एक घायल लुटेरा जमीन से तलवार उठाकर आरसालान को मारने के लिए जैसे ही उसकी तरफ तेजी से भागा। वैसें ही लाऊचिंग उसके सामने आकर उस लुटेरा को इतना जबरदस्त घूँसा मारी। कि उसका शरीर हवा में उछलकर कुछ दूर पर जा गिरा और उसकी मौत हो गयी। यह देखकर आजमाल उस से कहती हैं कि इसका मतलब की तुम्हें लड़ना भी आता हैं। लाऊचिंग का हाथ छूकर आरसालान उस से कहता हैं कि तुम्हारा हाथ पत्थर से भी ज्यादा मजबूत और दिल फूल से भी ज्यादा कोमल हैं। तुम वाकई में बहुत खूब सूरत देखती होगी। आजमाल उन दोनो से कहती हैं कि हमें तुरन्त ही यहॉ से निकलना होगा। इस से पहले की इनके साथी वापस आ जायें। तीनो घोड़े पर सवार होकर वहॉ से भाग

निकले। शैतानी रेगिस्तान की सीमा को पार करते ही तीनो मौत की घाटी में पहुँचे। जो चारो तरफ से पथरीली और नुकीली चट्टानों से घिरी हुई थी। उसके अन्दर जाने का रास्ता सिर्फ एक था। जो बहुत बड़े मगरमच्छ के मुँह से होकर गुजरता था। उसका पहरेदार एक शक्तिशाली लोहें का कुल्हाड़ लिया खड़ा था। जो सामान्य व्यक्ति से काफी लम्बा–चौड़ा और उसका पूरा शरीर काले लिबास से ढका हुआ था। जैसे ही तीनो घोड़े से उतरकर उसको अपने साथ अन्दर ले जा रहे थे। कि तभी उन्हें धम–धम की आवाज सुनायी दी। जब आजमाल और लाऊचिंग पीछे मुड़कर देखी तो उन्हे जंगली हाथी के ऊपर एक व्यक्ति बैठा हुआ दिखायी दिया। जो बिल्कुल जल्लाद की तरह लग रहा था। जिसका शरीर चट्टान से भी ज्यादा मजबूत था उसके छाती पर केवल लोहे का कवच और सिर पर भैसेनुमा आकार की टोपी थी। दाहिने हाथ में एक बहुत बड़ा लोहे का हथौड़ा और पॉव में

फीतेदार चप्पले पहने हुई थी। जंगली हाथी पर सवार व्यक्ति आजमाल और लाऊचिंग से कहता हैं कि हट जाओ मेरे रास्ते से चूहो। वरना हाथी के पैरो तले से कुचल दिये जाओगे। आजमाल लाऊचिंग की तरफ देखकर कहती हैं कि वो तुम्हें चूहा कह रहा हैं। लाऊचिंग आजमाल से कहती हैं कि वो मुझे नही बल्कि तुम्हें चूहा कह रहा है। दोनो एक–दूसरें को चूहा बताते–बताते अचानक कब लड़ाई में बदल गयी। श्याद ये बात उन दोनो को भी पता नही चली। जंगली हाथी पर सवार व्यक्ति चिल्लाकर उन दोनो से कहता हैं कि बन्द करो अपनी लड़ाई। तुम दोनो को चूहा कहकर मैनें बहुत बड़ी गलती की। मुझे तो बंदरिया कहना चाहिये था। यह बात सुनते ही दोनो हैरान हो गयी। वह जंगली हाथी के साथ अन्दर चला गया। आजमाल और लाऊचिंग भी चुपचाप आरसालान के साथ अन्दर चली गयी। मौत की घाटी के अन्दर बने सोने के नगर और चमचमती हुई बाजारों को देखकर आजमाल और लाऊचिंग बहुत खुश हुई।

तीनों एक साथ मिलकर बाजार की गलियों में घूमने लगे। जहॉ पर रंग–बिरंगे रेशमी कपड़े बिक रहे थे। तो दूसरी तरफ उच्च नस्ल के घोड़े। तो कही पर दुनियॉ भर के खतरनाक हाथियार। इतने में एक बूढ़ा आदमी आरसालान के पास आकर कहता हैं कि हुजूर क्या आपको किराये पर मकान चाहिये वो भी कम दाम पर। आरसालान जैसे ही कुछ बोलने चला। उसके पहले ही आजमाल और लाऊचिंग एक साथ बोल पड़ी। हॉ मुझे मकान चाहिये। मकान को लेकर दोनो के बीच में एकबार फिर से लड़ाई होने लगी। वह बूढ़ा आदमी अपनी टोपी जमीन पर फेंककर कहता हैं कि बन्द करो अपनी लड़ाई। जल्दी से हॉ या ना में जवाब दो। वरना वो मकान मैं किसी और को दे दूॅगा। आरसालान उस बूढ़े व्यक्ति को चॉदी की दो अशरफियॉ देकर मकान किराये पर ले लिया। लाऊचिंग खिड़की से बाहर की तरफ देखती हुई आरसालान से कहती हैं कि हमें इस मकान को

छोड़कर उस आलीशान सराय में ठहराना चाहिये था। आजमाल अपना सामान जमीन पर फेककर कहती हैं कि दुनियॉ के सबसे खतरनाक लड़ाकू योद्धा ही आलीशान महलो में ठहर सकते और कोई नही। यही कानून हैं मौत की घाटी का। अगर किसी ने भी इसे तोड़ने की कोशिश की तो उसके हाथ–पॉव काटवा कर रेगिस्तान में अकेला छोड़ दिया जाता हैं। आरसालान आजमाल से कहता हैं कि प्रतियोगिता शुरू होने में कितना दिन बाकी हैं। आजमाल उस से कहती हैं कि सिर्फ एक दिन! हमीला मैदान को खूनी खेल के लिए तैयार किया जा रहा था। जो एक पुराने और मजबूत किले के अन्दर था। जिसके अन्दर पॉच महागुरू रहा करते। जो लड़ाई के हर कलाओ में माहिर थे। हमीला मैदान के अन्दर आने–जाने का सिर्फ एक ही रास्ता था। जो युद्ध के शुरू होने पर बाहर से बन्द करके ताला लगा दिया जाता। ताकि कोई भी योद्धा अपनी जान बचाकर वहॉ से भाग ना पायें। शाम होते ही बाजार में बिक रहे खतरनाक हाथियारों को

खरीदने के लिए लोगो की भीड़ उमड़ पड़ी। सारे योद्धा अपने मनपसिन्दा हाथियारो की जॉच पड़ताल करने में लगे हुए थे। प्रतियोगिता वाले दिन योद्धाओं की बहुत बड़ी फौज हमीला मैदान के अन्दर पहुॅचने लगी। जहॉ पर उनका मकसद एक ही था शक्तिशाली लोहे को हासिल करना! इस युद्ध को देखने के लिए पॉच महागुरू खुद वहॉ पर आये। ताकि कोई भी वहॉ पर बेइमानी ना करने पाये। ऊॅचे मीनार पर खड़ा एक व्यक्ति नगाड़ा बजाकर कहता हैं कि प्रतियोगिता में भाग लेने वाले सारे योद्धा हमीला मैदान में आ जायें। युद्ध को तीन भागो में बॉट गया हैं। पहला युद्ध के नियमानुसार पचास हजार योद्धाओ में जो व्यक्ति सुनहरे सन्दूक हासिल करके पॉच महागुरू के पास ले जाने में कामयाब हो जायेगा। उसी को ही विजेता मान जायेगा। अगले युद्ध में उस विजेता का नाम पच्चीस देश के खतरनाक योद्धा के सूची में लिखा जायेगा। जो आपस में एक–दूसरे से

लड़ेगे। जीतने वाले योद्धा का मुकाबला दूसरे योद्धा से कराया जायेगा। एकदम आखिर में बचने वाला योद्धा, युद्ध के तीसरे और अंतिम भाग में पहुँचेगा। जहाॅ पर उसको एकसाथ पाॅच महागुरू से लड़ना होगा। तभी वो हासिल कर पायेगा दुनियाॅ का सबसे अदभुत और चमत्कारी धातु। नगाड़ा बजाते ही मैदान में इकट्ठा पचास हजार योद्धा अपनी तलवार निकालकर सुनहरे सन्दूक की तरफ दौड़ पड़े। जो एक पत्थर के ऊँचे टीले पर रखा हुआ था। सन्दूक हासिल करने के लिए सब एक–दूसरे के खून के प्यास हो जाते गये। फिर शुरूआत हुई–एक घमसान युद्ध की। पूरा मैदान मार–काॅट और चीख पुकार से दहल उठा। कही पर हाथ–पाॅव काटकर गिर रहे थे। तो कही पर किसी का सिर! यह देखकर सब लोग पागल की तरह शराब पीकर हॅस जा रहे थे। खून से नहाया हुआ सिर्फ एक ही योद्धा बचा। वह था आरसालान। उस सुनहरे सन्दूक का मात्र एक दावेदार। आरसालान लोगो की लाश पर चलकर उस सन्दूक तक

पहुँचा। अब उसको समझ में आया कि इसका नाम मौत की घाटी क्यों पड़ा। खून से नहाये हुए आरसालान के पास जाकर आजमाल और लाऊचिंग उस से पूछती हैं कि क्या तुम ठीक हो! आरसालान उन दोनो से कहता हैं कि बस मैं नहाना चाहता हूँ। उसकी बात सुनकर दोनो के चेहरे पर हल्की सी मुस्कान आ गयी। ऊँचे मीनार पर खड़ा व्यक्ति चिल्लाकर कहता हैं कि अगला युद्ध कल होगा। पॉच महागुरू के जाते ही सब लोग एक–एक करके वहॉ से जाने लगे। आरसालान लाऊचिंग से कहता हैं कि हमीला मैदान दिखाने में कैसा लग रहा हैं। लाऊचिंग उसको बातयी कि पूरा मैदान योद्धाओ की लाश से ढक गया और खून से जमीन से लाल हो चुकी है। आजमाल आरसालान से कहती हैं कि ये युद्ध है कोई बच्चा का खेल नही। अगर तुम इनको नही मारते। तो श्याद तुम भी उन्ही के साथ मरे पड़े रहते। जो तलवारो पर जीते हैं वही दुनियॉ को

बदलते है। और इतिहास में वो अमर हो जाते हैं। इसके बाद तीनो वहॉ से चले गये। शाम को जब तीनो खाना खाने के लिए बाजार में गये। तब सारे लोग उनके सामने अपना सिर झुकाने लगे। यह देखकर लाऊचिंग और आजमाल बहुत खुश हुई। जिस सराय में तीन खाना खाने के लिए पहॅुचे। वह बहुत ही साधारण सा था। सराय का मालिक खुशी से स्वागत करते हुए तीनो को सराय के अन्दर लाया और बैठने के लिए कहा। सत्रह हजार प्रकार के अलग–अलग खानो को मेज पर साजया गया। यह देखकर लाऊचिंग और आजमाल सराय के मालिक से पूछती है कि इतने सारे खाने किसके लिए! सराय का मालिक हॅसकर जवाब दिया ये सब खासतौर से आपके लिए बनवाया गया हैं। दरसल मौत की घाटियॉ में सबसे बेहतर योद्धाओं का सम्मान इसी तरह से करने की परम्परा कई हजार साल से चली आ रही हैं। आरसालान सराय के मालिक से कहता हैं कि एक शर्त पर। मुझे मौत की घाटी की पूरी कहानी सुनी हैं। और

इस खूनी खेल की शुरूआत कैसे हुई इसकी भी! उसने बताया कि आज से कई हजार साल पहले दो सुल्तान के बीच समुन्द्र से मिला तीनो सिरो वाला लालटेन को लेकर एक भयानक युद्ध हुआ। जिसमें काफी लोग मारे गये। चारो तरफ खून और लाशो को देखकर एक सिपाह सलार उस लालटेन को लेकर युद्ध से भाग निकला–जिसका नाम आलिम था। सात रेगिस्तान को पार करने के बाद यहॉ पर आकर छिप गया। पहले यह घाटी वीरान और बंजर थी। एक दिन सुल्तान के सैनिक उसका पीछा करते हुए यहॉ तक आ गये। उसने अकेले ही पूरी सेना को खत्म कर दिया। जब वह घाटी से बाहर निकला तो उसका नाम चारो तरफ फैल चुका था। लोगो उसे डरने लगे और उसका सामना करने से सब घबराने लगे। इसी का फायदा उठाकर उसने तीन सिरो वाला लालटेन कही पर छिपा दिया। उस सिपाह सालार ने ही यहॉ के नगरो और गॉव का बनवाया। जिसका नाम मौत

की घाटी पड़ा। मौत यानी जीवन, घाटी का मतलब होता हैं– योद्धा। अगर दोनो को मिला दिया जाये तो बनता है ंकि योद्धा का जीवन । यहॉ से जीतने वाले योद्धा को उपहार के रूप में बेहतरीन से बेहतरीन हाथियार दिये जाते। उस हाथियार को देखकर ही योद्धा का असली नाम और काम दोनो के बारे में पता लगाया जाता । सच्चे और बहादुर योद्धा की मृत्यु होने पर उसको सपना की वादियों (जिसे योद्धा का असली घर कहा जाता हैं) में सम्मान के साथ दफना दिया जाता। जहॉ पर उनके चित्र के नीचे बहादुरी की कहानी लिखी जाती। लाऊचिंग सराय के मालिक से कहती है कि उस तीन सिरो वाले लालटेन का क्या हुआ ? वह किसी को मिला या नही! सराय के मालिक ने बताया कि वह लालटेन आज तक किसी को नही मिला। उसके बारे में केवल एक ही शख्स जानता था और वो था सिपाह सलार आलिम। जिसे दोनो देशो के राजाओ ने गददार और लुटेरा का खिताब देकर देखते ही जान से मार डालने का लिखित

फरमान दिया। लोगो का मानना था कि उस लालटेन में कुछ ऐसा था। कि जो सात रेगिस्तान में कायमात ला सकता था। इसलिये उसका छिपा रहना ही हम सब के लिए अच्छा हैं। आरसालान सराय के मालिक से कहता हैं कि अब हम सब को यहॉ से चलाना चाहिये। तीनो सराय के मालिक को जैसे ही सोने की दो मोहरे देने चला। मगर उसने लेने से साफ इन्कार कर दिया। मोमबती के खत्म होने से पहले तीनो उस सराय से चले गये। अगले दिन हमीला मैदान में एकबार फिर से लड़ाई देखने के लिए लोगो की भीड़ वहॉ पर जमा होना शुरू कर दी। आज की होने वाली लड़ाई कल की लड़ाई से भी ज्यादा खतरनाक और जानलेवा थी। क्योंकि इसमें दुनियॉ के सबसे बेहतरीन और शक्तिशाली योद्धा शामिल होने वाले थे। जो लड़ाई के अलग–अलग दॉव पेचों में काफी माहिर थे। इसलिये उनका नाम दुनियॉ के सबसे काबिल योद्धा में लिखा गया था। पॉच महागुरू के

आते ही मीनार पर खड़ा व्यक्ति चिल्लाकर कहता हैं कि मौत के खेल में भाग लेने वाले सारे योद्धा। पॉच महागुरू के सामने रखी सन्दूक में लकड़ियों का बण्डल पड़ा हैं। जिस पर एक से लेकर पच्चीस तक के अंक लिखे है। जिस योद्धा को पहला अंक मिलेगा। वही इस मैदान में पहले उतरेगा और बाकी अंक वाले योद्धा बाद में आयेगे। सब एक–एक करके सारे योद्धा उस सन्दूक के अन्दर से लकड़ी उठाने लगे। एकदम आखिरी में आरसालान की तरफ से लाऊचिंग आयी। जैसे ही लकड़ी उठाकर पलटी। तब उस पर पहला अंक लिखा था। यह देखकर लाऊचिंग उदास हो गयी। वह आजमाल और आरसालान को बातयी कि हमें पहला अंक मिला हैं। इसलिये तुमको पहले लड़ना होगा। आरसालान लाऊचिंग को समझया कि जो एकबार योद्धा बनता हैं उसकी मौत भी योद्धा की तरह होती है। लड़ाई उसकी खुशी और तलवार ही उसका जीवन होता हैं। चाहे मैं अभी लडूँ या बाद में। लड़ना तो मुझे हैं ही। तो पहले क्यों नही।

उसकी बात सुनकर लाऊचिंग और आजमाल के चेहरे पर हल्की सी मुस्कान आयी। दोनो मिलकर उसको युद्ध के लिए तैयार करने लगे। वह अपने तम्बू (खेमा,टेन्ट,शिविर) से निकालकर हमीला मैदान में आया। उसको मैदान में देखते ही सारे लोग खड़े होकर जोर–जोर से तालियॉ बजायी और चिल्लाकर युद्ध को शुरू करने के लिए कहा। तभी दूसरी तरफ एक विशालकाय लम्बा चौड़ा और पत्थर से मजबूत शरीर वाला आदमी मैदान में आया। वह देखने में बिल्कुल एक आदमखोर जानवर जैंसा लग रहा था और उसके मुँह से नील रंग का झाग निकलकर जमीन पर गिर रहा था। हाथ और पॉव में टट्रे हुए जंजीर बॅधे थे, जिनका इस्तेमाल वो हाथियार की तरह करता। नगाड़ा बजाते ही दोनो आपस में लड़ना शुरू कर दिया। आरसालान लगतार कलाबाजी करते हुए उसके जंजीर से अपने आपको बचाने लगा। अचानक दिल की धड़कन और कानों की सुनने की शक्ति आपस

में मिलकर उसके शरीर में एक अदभुत शक्ति आ गयी। उसके आगे सब कुछ धीम हो गया और वह सबसे तेज! उसकी लड़ने की शक्ति इतनी बढ़ गयी कि मैदान में बैठे सारे लोगो के साथ पॉच महागुरू भी आरसालान को खुली ऑखो से देख नही पा रहे थे। वह चारो तरफ से उस आदमखोर योद्धा पर हमला करने लगा। आरसालान लगतार हमला करके उस योद्धा को जमीन पर गिराने में कामयाब हो गया। इस से पहले की वो योद्धा अपने पैरों पर खड़ा हो पाता। वह अपनी तलवार लेकर दौड़ता हुआ आया और एक ही बार में उसका गर्दन घड़ से अलग कर दिया। यह देखकर लोगो की भीड़ खड़े होकर जोर–जोर से तालियॉ से बजाते हुए उसका नाम पुकराने लगी। इतने में वहॉ पर एक साथ तीन योद्धा तलवार, भाला और लोहे के मजबूत डण्डे से हमला करने लगे। लाऊचिंग चिल्लाकर पॉच महागुरू से कहती हैं कि ये कैसा नियम हैं आपका ? एक अकेले से तीन से लोग लड़ रहे हैं। आजमाल उसका हाथ पकड़कर बैठते

हुए कहती हैं कि यहॉ पर ज्यादा चिल्लाने वाले को उल्टा करके सौ कोड़े मार जाते हैं। यह बात सुनते ही लाऊचिंग डर के मारे चुपचाप नीचे बैठ गयी। आरसालान अपनी तलवार रेत में गाड़कर उनकी तरफ दौड़ पड़ा। फिर वह तूफानी लड़ाई के दॉव–पेचों (एक तरह का प्राचीन मार्शल आर्ट) का इस्तेमाल करके उन तीनो को धूल चटा दिया। तीनों योद्धाओ को जमीन पर दर्द से कराहते हुए देखकर लोगो की भीड़ जोर–जोर से चिल्लाकर आरसालान का नाम पुकारने लगी। इसके बाद ना तो वो रूक और ना ही उसकी तलवार। योद्धा आंधी की तरह आते गये और पतों की तरह जमीन पर गिरते गये। एकदम आखिर में नकाश नाम का योद्धा हाथी पर बैठकर हमीला मैदान में दाखिल हुआ। हाथी का पूरा शरीर मजबूत धातु के कवच से ढका हुआ था, दॉत और पूँछ में कंटीले तार पहना हुआ था। लाऊचिंग और आजमाल एक–दूसरे से कहती हैं कि ये तो वही हैं जिसने

हम दोनो को बदरियॉ कहा था। नकाश आरसालान से कहता हैं कि तुम से दुबारा मिलकर बहुत खुशी हुई मेरे दोस्त! मै सच्चे दिल से तुम्हारी बहादुरी की तारीफ करता हूॅ। हम दोनो में से किसी एक के मरने पर ही ये युद्ध खत्म होगा। जिस तरह एक म्यान में दो तलवार नही रह सकती हैं। उसी तरह इस रेगिस्तान में दो सूरमा एक साथ नही रह सकते हैं। यह कहकर वह अपने हाथी को हमला करने के लिये कहा। आरसालान हवा में कलाबाजी करते हुए उसके कंटीले सॅूड और पॅूछ से अपने आपको बचाने लगा। अचानक उसके पैर खम्भे में बॅधी जंजीर से जा टकरायी। वह तुरन्त ही उसको तोड़कर हवा में नाचते हुए उसकी तरफ से तेजी से दौड़ पड़ा और देखते ही देखते उस जंजीर से हाथी के चारो पैरो को बॉधकर जमीन पर गिरा दिया। हाथी का पॉव जंजीर से बॅधा देखकर नकाश समझ गया कि आरसालान ने बड़ी चालाकी से मुझे जमीन पर लड़ने के लिए मजबूर कर दिया हैं। बेचारा हाथी जंजीर से बॅधा होने कारण हिल भी

नही पा रहा था। नकाश अपना शक्तिशाली हथौड़ा लेकर आरसालान को मारने के लिए दौड़ पड़ा। दोनो के बीच घमासान लड़ाई शुरू हो गयी। एक तरफ सात रेगिस्तान का सबसे बेहतरीन तलवार बाज था तो दूसरी तरफ हथौड़ा चलाने में माहिर। आरसालान तलवार चलाने की शक्ति इतनी बढ लिया। कि उसके वार को देख पाना और समझ पाना नकाश के लिए नाममुकिन हो गया था। एक वक्त ऐसा आया की उसके हाथ से हथौड़ा छूटकर दूसरी तरफ जा गिरी। आरसालान उसके गर्दन पर तलवार रखकर कहता हैं कि ये रही शाह और मात। नकाश सिर झुकाकर अपनी हार मान ली। यह देखकर हमीला मैदान में बैठे सारे लोग खुश होकर जोर–जोर से तालियॉ से बजाने लगते हैं। उसकी आवाज से सारा आकाश गुॅज उठा। पॉच महागुरू का इशारा पाते ही मीनार पर खड़ा व्यक्ति नगाड़ा बजाकर आरसालान को विजेता घोषित किया और इस तरह खूनी खेल खत्म हुआ। रात में

खाना खाने के लिए तीनों एकबार फिर से उसी सरायें में गये। जहॉ पर वो पहले गये थे। सराय का मालिक उन तीनों से कहता हैं कि आइये हुजूर आप ने तो इस सराय का तकदीर ही बदल दिया। पहले तो इस गरीब खाने को बहुत ही कम लोग जानते थे। लेकिन आपकी वजह से इसका नाम यहॉ के सबसे बेहतरीन सराय में गिना जाने लगा। लाऊचिंग और आजमाल सराये के मालिक से कहती हैं कि हमारे वजह से नही! बल्कि आपके स्वादिष्ट खाने और अच्छे मेहमान नवाजी के कारण। आरसालान ने भी वही बात कही। जो आजमाल और लाऊचिंग ने कहा था। सराय का मालिक खाने के मेज पर खुशबू वाली मोमबती जलाकर खाना लगाने लगा हैं। कि तभी पीछे से एक आवाज सुनायी दी कि क्या मैं भी आपके साथ खाना खा सकता हूॅ। लाऊचिंग और आजमाल ने मुड़कर देखा कि सराये के दरवाजे पर नकाश को खड़ा हैं। इस से पहले की वो दोनो उसको कुछ कह पाते। आरसालान अपनी जगह पर से खड़े

होकर एक योद्धा की तरह उसको सम्मान देते हुए अन्दर आने के लिए कहा। खाने के मेज पर नकाश आरसालान से कहता हैं कि तुमने मुझे खूनी खेल की प्रतियोगिता में क्यों नही मारा। आरसालान ने सिर्फ एक ही जवाब दिया कि तुमने मुझे दोस्त कहा था। तो मैं फिर कैसें अपने दोस्त की जान ले सकता था। यह बात सुनते ही नकाश उसको गले लगाकर कहता हैं कि अब से मेरी जान तुम्हारी हुई दोस्त। तुम्हें कभी भी मेंरी जरूरत पड़े। तो बस एकबार आवाज देना। लाऊचिंग उन दोनो के पास आकर कहती हैं कि अगर भाई का भाई खेल खत्म हो गया हो। तो खाना खा लेते है वरना ठण्डा हो जायेगा। इसके बाद चारो खाना खाने लगे। अचानक नकाश की नजर आजमाल के बायें हाथ पर बनी लाल पक्षी पर पड़ी। उस निशान को देखकर नकाश आरसालान से कहता हैं कि ये तो सोफियान दल का निशान हैं आरसालान! जो मरने के बाद भी जिन्दा रहती हैं इसकी असली उम्र पूछो

! जब कोई काले जादू में पूरी महारत हासिल कर लेता है तो उसके बायें हाथ पर लाल पक्षी का निशान बना जाता हैं। आरसालान आजमाल से कहता हैं कि क्या ये सच कहा रहा हैं। वह अपनी ऑखें बन्द करके हॉ में जवाब दी। यह सुनकर लाऊचिंग वही पर बेहोश हो गयी। तीनों मिलकर उसको होश में लाये। वह चिल्लाकर कहती हैं कि मुझे बचा लो! वरना आजमाल खा जायेगी। आजमाल अजगर की तरह अपना मुॅह बड़ा करके उसको डर दी। जिसे लाऊचिंग घबरा कर एक बार फिर से बेहोश गयी। आजमाल दबी आवाज में कहती हैं कि नकाश बिल्कुल सही कह रहा है। मैं भी एक प्यासी डायन हूॅ और मेरी उम्र 60 हजार साल हैं। तकरीबन मैं नव सौ निन्यानबे बार मरकर वापस जिन्दा हुई हो। अगर इस बार मेरी मौत हुई तो वापस जिन्दा नही हो पाऊॅगी ! आरसालान उस से कहता हैं कि ये बात मुझे पहले क्यों नही बतायी। आरसालान का उदास चेहरा देखकर आजमाल अपने बारे में बताने लगी कि

आज से हजार पहले की बात हैं लोगो को गुनाह से डराने के लिए जहन्नुम बनाया और उसकी रखवाली के लिए एक शक्तिशाली इन्सान। जिस से जन्नत की मिटट्ी, पाताल का पानी और जहन्नुम की आग को मिलाकर तैयार किया गया। जो हमेशा में जलती आग में खड़ा रहता। इसलिये लोगो ने उसको जहन्नुम का पहरेदार कहा। जब कोई गुनाहगार जिसने हत्या,लूटपाट धोखाधड़ी और बलात्कार जैसे एक गुनाह भी उसके साथ जड़ा रहता। तो उसको जहन्नुम की आग में फेक दिया जाता। उस पहरेदार की डरावनी शक्ल को देखकर गुनाहगार की रूह अपने गुनाह के लिये बार–बार रहम की भीख मंगाती और उसके सामने फरियाद करती कि उन्हें दुबारा धरती पर भेजा जायें। ताकि वह अपनी गलती को सुधार कर सके और आने वाली पीढ़ी को बता सके। गुनाह छोटा या हो बड़ा। सबकी सजा तय होती हैं। खुदा के समाने सब के बराबर हैं चाहे वो सात रेगिस्तान का

बादशाह हो या एक गली का भिखारी। सौ गुनाह करने वाला शख्स अगर एक बार नेक काम करे। तो उसके गुनाह को माफ कर दिया जाता। जब उस पहरेदार पहली बार जहन्नुम में लाया गया। तो जहन्नुम का बादशाह उसकी ताकत देखकर बहुत खुश हुआ। रोजाना उस पहरेदार के सामने लाखों की तादद में गुनाहगारो की रूह वहॉ पर भेजी जाने लगी। वह सबसे शक्तिशाली बनना चाहता था। इसलिये वो चोरी छिपे सभी गुनाहगारों की रूह को अपने में समाने लगी। धीरे–धीरे उसकी ताकत इतनी बढ़ गयी। कि उसने सब का हुक्म मनाने से साफ–साफ इन्कार कर दिया और उसने सबके खिलाफ जंग का ऐलान कर दिया। जब जहन्नुम का बादशाह उसको रोकने के लिए सामने आया। तब पहरेदार अपनी जादुई शक्ति से उनकी रूह को जम दिया। इसके बाद उस पहरेदार को कोई नही मार पाया। क्योंकि जन्नत की मिटट्ी से बने होने कारण उसकी ताकत फरिश्तो के बराबर हो चुकी थी और जहन्नुम की आग ने उसका शरीर

इतना फैलादा का बन दिया कि उस पर सभी हाथियार बेअसर थे। लेकिन पाताल के पानी की वजह से उसका दिल एक आम इंसान की तरह था। इसलिये फरिश्तो एक खास दल ने यह ऐलान किया कि जिसका दिल पानी की तरह साफ होगा और तलवार की धारा की तरह जिसमें सच्चाई होगी वही इसको मारेगा। वो ना तो जन्नत को होगा और ना ही जहन्नुम का। बल्कि वो एक आम इंसान होगा और हम सब मिलकर उसकी मदद करेगे। उस पहरेदार को जंजीरो से बंधकर तिलिस्मी गुफा के अन्दर छोड़ दिया। क्योकि वो तिलिस्मी गुफा अन्दर से एक खतरनाक भूलभलइयाँ हैं। जहाँ से वापस आ पाना उसके लिए नामुमकिन था। लेकिन जिस गति वो भूलभलइयाँ के हर तिलिस्म को तोड़ते हुए आगे बढ़ रहा है। उसको देखकर ऐसा लगता हैं कि बहुत जल्द ही उस गुफा से आजाद हो जायेगा। अगर ऐसा हुआ तों एक बहुत बड़े जंग की शुरूआत होगी। उसी जंग

को रोकने के लिए काली दुनियॉ के सबसे बेहतरीन दस हजार जादूगरनी की टोली को चुना गया और उस दल का नाम रखा सोफियान। उस गुफा में भेजने से पहले उनकी जादुई ताकतर को बढ़ा दिया गया और हम सब को मरकर दुबारा जिन्दा होने की अनोखी ताकत दी गयी। मैं भी उसी दल की हूँ। लेकिन इतना होने के बावजूद भी हमारे दल ने उसको खरोंच तक नही पहुँची पायी। हमारे दल के एक सदस्य से उस पहरेदार की लड़ाई हुई। जो करीब सौ साल तक चलती रही। उसका नाम ओरामा था। इसी बीच उसकी मौत की खबर हम सब को मिली। उसकी लाश को सोफियान दल के केन्द्र कोरिसा में लाया गया। जहॉ एक जादुई आईना रखा हुआ था जिसके अन्दर से हमारी फौज यहॉ पर आयी थी। उसी आइने की मदद से कोई भी उस तिलिस्मी गुफा से आसानी से बाहर जा सकता था। मगर वहॉ पर सोफियान दल का कड़ा पहरा था। हमारे जाने के बाद ओरामा ने वहॉ के पहरेदारो पर हमला करके जादुई आईना की मदद

से भाग निकली। उसके जाने के बाद हम सब को पता चला कि ओरामा की बहादुरी को देखकर जहन्नुम पहरेदार बहुत खुश हुआ और उसके सामने एक शर्त रखी। कि अगर वो इस भूलभूलइयॉ से बाहर निकलने में उसकी मदद करेगी तो वो उसको अपना उतराधिकारी घोषित करके आधा सल्लतनत तोहफें के रूप में देगा। वह शर्त मानकर उसकी शागिर्द बन गयी। जब आरोमा वापस आयी। तो हम से भी ज्यादा ताकतवर बन चुकी थी। उसने हम सब को हराकर भूलभूलइया को तोड़ने वाला नक्शा भी हासिल कर लिया। जिसमें जादुई जुगून के बारें में लिखा था। जो उतर–दिशा के चीन देश में हैं। मगर वह यह काम अकेले नही कर सकती। क्योंकि जिस मरतबन में वो जादुई जुगून बन्द हैं। उसको सिर्फ इन्सान ही खोल सकता हैं और कोई नही। सोफियान दल ने उस गद्दार को ढूंढ़कर मार डालने का फैसला किया और ये काम मुझे सौपा गया। मेरे जाने के बाद उस जादुई आईना

को तोड़ दिया गया। ताकि मदद के लिये ना तो कोई आ पाये और ना ही बाहर जा पायें। इस तरह सोफियान दल उस तिलिस्मी गुफा में हमेशा के लिए कैद हो गयी। मैं करीब दस साल से उसको लगतार ढूँढ़ रही हो। लेकिन वो किसी ऐसी जगह में जाकर छिप गयी हैं जहॉ पर मेरा जादू भी नही पहुॅच पा रहा। एक दिन मैनें उसको ईरान के सुल्तान जमालउद्धीन के मौत के समय नगर में घूमता हुआ देखा। उसी के आस–पास मौत के सौदागरो भी मौजूद थे। फिर अचानक कही गायब हो गयी। एक बात और सुल्तान को जिस जहर से मार गया था। वो हमारे यहॉ के खास जहरीले फूल के रस से तैयार किया गया था। जिसको बना सिर्फ सोफियान दल को ही आता है। आरसालान के चेहरे पर गुस्सा देखकर नकाश इसका कारण पूछता है तब उसने बातया कि सुल्तान जमालउद्धीन मेरे अब्बा हुजूर थे। मौत के सौदागरो ने मेरी अम्मी को मारकर मुझे अन्धा कर दिया। ताकि मैं जलती रेगिस्तान में तड़प–तड़पकर वही

मर जाओ। अब मेरे जीवन का एक ही मकसद हैं। मौत के सौदागरो को ढूढ़कर उन्हे खत्म करना। नकाश– आजमाल और आरसालान से कहता हैं कि तुम दोनो चिंता मत करो। इस प्रतियोगिता के खत्म होते ही हम सब यहॉ से सीधा वेनिला शहर चलेगे। जो शराब और खूबसूरत दास–दासियों के लिए काफी महशूर हैं। वहॉ पर एक ऐसा शख्स है जिसके पास हमारे हर सवालो का जवाब हैं। लाऊचिंग होश में आकर उन तीनों से पूछती हैं कि क्या खाना खत्म हो गया।? उसकी बात सुनकर तीनों के चेहरे पर हल्की सी मुस्कान आ गयी। नकाश और आजमाल का इशारा पाते ही सरायें का मालिक मेज पर खाना लगना शुरू कर दिया। इस बार भी सराय का मालिक उन से पैसा नही लिया और मोमबती के खत्म होने से पहले सब वहॉ से चले गये। रात की काली चादर में मौत की घाटी दियों और मोमबती से जगमग रही थी। अगले दिन– पूरा हमीला मैदान लोगो के शोरो से गुॅज

उठा। लाऊचिंग और आजमाल के साथ नकाश भी आरसालान का हौंसला बढ़ाने के लिए बगल बैठ गया। आरसालान के मैदान में आते ही लोगो की भीड़ चिल्लाकर उसका नाम पुकारने लगी। चारो तरफ से अपना सुनकर उसका हौंसला बढ़ने लगा। उसने मन में फैसला किया कि इतनी दूर आकर मैं खाली हाथ वापस नही जाऊँगा। अब मुझे हर कीमत पर यह प्रतियोगिता जीतकर उस शक्तिशाली धातु का हासिल करना होगा। ताकि मैं मौत के सौदागरो से अपना बदला ले सकूँ। एक–एक करके पॉच महागुरू हमीला मैदान में आ गये। ऊँचें मीनार पर खड़ा व्यक्ति नगाड़ा बजाकर सारी जनता को शांत रहने को कहा। लेकिन शांत होने के बजाये भीड़ का शोर लगतार बढ़ता चला गया। सब के लिए यह पहली बार मौका था। पॉच महागुरू की लड़ाई देखने का। पॉच महागुरू अपना हाथ उठाकर सब को शान्त रहने के लिए कहा। उनकी बात मानकर सब साथ शान्त हो गये। पॉच महागुरू आरसालान के सामने आकर कहते हैं कि

तुम योद्धाओ के जैसे लड़ते हो इसमें कोई शक नही। ये लड़ाई तुम्हारी किस्मत का फैसला करेगी। कि तुम वाकई में उस शक्तिशाली धातु (लोहा) के काबिल हो या नही। ? इसलिये रहम बिल्कुल मत करना। वरना हमारे हाथो से मारे जाओगे। यह कहकर पॉच महागुरू अपना–अपना हाथियार निकालने लगे। जिनमें ढाल और तलवारबाजी ,मुक्केबाजी–भालेबाजी और तीरअंदाजी जैसी लड़ाई में माहिर थे। आरसालान अपनी तलवार रेत में धॅसाकर कहता है कि आपसे लड़ने के लिए मेरे हाथ ही काफी हैं। शाही नगाड़ा के बजाते ही पॉच महागुरू उसे लड़ने के लिए दौड़ पड़े। उनके लड़ने के अदुभत दॉव–पेचों के आगे आरसालान ज्यादा देर तक टिक नही पाया। और वह लड़खड़ाकर जमीन पर गिर पड़ा। उसका पूरा शरीर दर्द से कराह उठा। उसमें इतनी भी ताकत नही बच थी। कि वो दुबारा उठकर उनसे लड़ पाता। यह देखकर नकाश, आजमाल और लाऊचिंग का दिल बैठ

गया। शोर मचा रही भीड़ अचानक धीरे–धीरे शांत होने लगी। जमीन पर पड़ा आरसालान के मस्तिष्क में बचपन में बीते गये। अपनी अम्मी और अब्बू की यादों के साथ वो सारी घटनाये भी नजर आने लगी। जब वह एक मामूली बच्चे से योद्धा बना। तभी उस्ताद अखीरा की वो बात याद आयी। जो उन्होने कहा था कि असली योद्धा वही है जो युद्ध के मैदान में अपने जख्म और दर्द को भूलकर तब तक लड़ता रहता हैं। जब तक वो जीता ना जाये। आरसालान पूरी ताकत लगाकर खड़ा होने में कामयाब हो गया। फिर वह अपने हाथों को इधर–उधर लहराकर आस–पास के वातावरण में फैली ऊर्जा को अपने अन्दर समटने लगा। इस से पहले की पॉच महागुरू कुछ समझ पाते। वह तूफानी लड़ाई के दॉव–पेचों का इस्तेमाल करके उन सब के हाथियार छिन ली। यह देखकर शांत बैठी भीड़ शोर मचाते हुए एकबार फिर से खड़ी हो गयी। पॉच महागुरू एक–दूसरे से कहते हैं कि वो तो अपने जगह पर ही खड़ा था फिर उसने हम

सब के हाथियार कैसे छिन लिया। तब एक महागुरू उन सब को बातया कि दरसल उसकी लड़ने की गति इतनी तेज थी कि हम सब उसको देख नही पायें। आरसालान लड़ने के गति को धीरे–धीरे बढ़ता चला गया। उसकी गति इतनी तेज हो गयी कि उसके पैरों से आग की लपटे दिखायी देने लगी। पॉच महागुरू उसको खुली ऑखों से भी देख नही पा रहे थे और ना ही उसके हमले का सही अन्दाजा लगा पा रहे थे। इस तरह आरसालान ने पॉच महागुरू को हराकर मौत की घाटी में चल रही खूनी प्रतियोगिता को जीता ली। सारी जनता सोने की मोहरे फेककर उस शक्तिशाली योद्धा का स्वागत करने लगी। आरसालान सोने की मोहरो पर चलकर पॉच महागुरू के पास पहुॅचा। वह घुटनों के बल बैठकर उनसे कहता हैं कि मुझे माफ कर दीजिये। महागुरू मैनें लड़ाई के दौरान आप सभी पर हाथ उठाया। पॉच महागुरू उसको गले लगाकर कहते हैं कि

तुम जैसे महायोद्धा के साथ लड़ने में हम सब को काफी खुशी हुई। ये वक्त मॉफी मांगने का नही बल्कि अपना इनाम लेने का हैं। पॉच महागुरू इशारा करके उसका इनाम लाने को कहा। एक सुन्दर सा सन्दूक उसके सामने लाया गया। जिसकी चाबी आरसालान को देकर खोलने को कहा। जब उसने सन्दूक खोला। तब उसमें रखे हाथियार को छूकर समझ गया कि उसमें तलवार और ढाल हैं। वह तलवार और ढाल को हाथ में लेकर कहता हैं कि ये तो काफी मजबूत और शक्तिशाली हैं। पॉच महागुरू ने बातया कि ये दुनिया के सबसे मजबूत अठराह धातुओं को मिलकर बना हैं। ये ना तो टूट सकता हैं और ना ही जहन्नुम की आग इसे पिघला सकती हैं। इस पर दुनियॉ का हर वार बेअसर साबित होगा। यह सुनकर आरसालान बहुत खुश हुआ। इन सब के लिए आरसालान ने पॉच महागुरू को शक्रिया कहा। पॉच महागुरू उस से कहते हैं कि तुम्हारे लड़ाई के दॉव–पेचों से हम काफी खुश हैं। इसलिये हम सब

ने फैसला किया हैं कि तुम्हें अपनी लड़ाई के कुछ बेहतरीन दॉव–पेचे सिखायेगे। जो आज तक किसी को भी नही सिखाया गया। आरसालान उनसे लड़ाई के बेहतरीन से बेहतरीन दॉव–पेचों को सीखने लगा। इस तरह आरसालान एक मामूली योद्धा से बना। सात रेगिस्तान को सबसे शक्तिशाली योद्धा। आरसालान सब को अलविदा कहकर जैसे ही मौत की घाटी से बाहर निकला। वैसें ही मौत की घाटी के दरवाजे पर खड़ा पहरेदार उन तीनो का रास्ता रोक लिया मौत की घाटी पहरेदार उनसे कहता हैं कि योद्धाओ के योद्धा, बलवान के बलवान–आरसालान को मेरी तरफ से एक छोटा सा तोहफा! अपने काले लिबास में छिपा रखे धनुष को बाहर निकालकर उनके सामने रख दिया। उस धनुष को हाथ में लेते ही आरसालान को महसूस हुआ कि ये भी मजबूत लोहे से बना है और इसमें बंधा धागा भी काफी मजबूत और लचीला हैं। उस धनुष से निकली तीर आम

धनुष की तुलना में 20 गुना ज्यादा शक्तिशाली और तेज है। उसमें रेत के बवडण्र और तूफान का रास्ता बदल देने की ताकत थी। उस पर की गयी कारीगिरी से पता चला। कि वो किसी बादशाह के लिए तैयार की गयी थी। आरसालान इस तोहफें के लिए पहरेदार को शक्रिया कहा। वह अपना सिर झुकाकर दूसरी तरफ चला गया। चारो तेजी के साथ वेनिला शहर की तरफ बढ़ने लगे। लेकिन नकाश का हाथी धीमे चलने के कारण काफी पीछे छूट गया। यह देखकर आरसालान आजमाल और लाऊचिंग को रोकने के लिए कहा। नकाश के पास आने पर लाऊचिंग उस से कहती हैं कि अगर तुम इसी चाल से चलते रहे। तो हम सब वेनिला शहर तो दूर इस रेगिस्तान को भी कभी पार नही कर पायेगे। काश तुम मेरी बात मानकर अपने मोटू हाथी के बदले हमारी तरह तूफानी घोड़े ले लेते तो कितना अच्छा होता। नकाश लाऊचिंग से कहता हैं कि ये मेरा खानदानी हाथी हैं और बचपन से ही मेरे साथ हैं। इसको छोड़ने की बात तो बहुत दूर

की। इसके बैगर तो मैं चार कदम भी नही चल सकता। तुम्हें मेरे हाथी से दिक्कत नही है। बल्कि तुमको इस बात से डर से लग रहा है। कि कही ये रेगिस्तान तुम्हें मुझ जैसा काला ना बना दे। इस से पहले की लड़ाई ज्यादा ना बढ़ जाये। उस से पहले आजमाल बीच में आकर उन दोनो को शान्त कर दी। आरसालान–आजमाल से पूछता हैं कि वेनिला शहर यहाँ कितना दूर होगा? आजमाल–आरसालान से कहती हैं कि पूरे एक दिन लगेगा। अगर हम नही रूके तो। आरसालान सब को लगतार चलते रहने के लिए कहा। कभी तेज कभी धीमे की चाल से आखिरकार चारों वेनिला शहर पहुँच गये। जहाँ की हर गलियों में सुन्दर दास–दासियों खरीदी व बेची जा रही थी। शराब और धूम्रपान की हालत में लोगो नगर के चौराहे पर लड़कियों का नाच और संगीत सुन और देख रहे थें। चारो तरफ लड़कियाँ और शराब की दुकानें ही दिखायी दे रही थी। आरसालान नकाश

से कहता हैं कि आखिरकार वो शख्स हमें मिलेगा कहॉ। नकाश आरसालान से कहता हैं कि बस हम आ ही गये उसके पास। चारो एक आलीशान सराय के पास आकर रूके। उस सराय के अन्दर से संगीत और लोगो के चिल्लाने की आवाज बाहर तक सुनायी दे रही थी। आरसालान आजमाल और लाऊचिंग से पूछता हैं कि हम कहॉ पर आ गये हैं कोई बातयेगा। ? आजमाल और लाऊचिंग एक साथ उस कहते हैं कि हम वेनिला शहर की सबसे खूब सूरत दासी अमीरन के सराय के बाहर खड़े हैं। जो संगीत और नाच के साथ अच्छी शराब के मामले में काफी महशूर हैं वो भी पूरे रेगिस्तान में। व्यापारी और अधिकारी दास–दासियों को यही से खरीदकर राजमहल ले जाया करते हैं। नकाश सराय का मजबूत दरवाजा तोड़कर अन्दर आते मान ही कहता हैं कि अमीरन कहॉ पर है। ? सराय में तोड़–फोड़ करता देखकर उसके अंग रक्षक तलवार लेकर सामने खड़े हो गये। लाऊचिंग उनके बीच में आकर कहती हैं कि अगर तुम सही

सलामत रहने चाहते हो। तो अमीरन का पता बता दो। हम यहॉ से चुपचाप चले जायेगे। अगर जरा सी भी ताकत दिखायी। तो पूरे सराय को राख मे बदल दूॅगी। इतना कहकर अपने मजबूत हाथो के एक ही वार से लकड़ी की कुर्सी को तोड़ डाला। जिस से सब को यकिन हो गया। कि इन से जीत पाना नामुमकिन हैं। डर के मारे सारे अंग रक्षक अपने–आप पीछे हटने लगे। सराय के ऊपर वाले कमरे से एक लड़की की आवाज सुनायी दी, रूक जाओ। सब की नजर ऊपर वाले कमरे पर गयी। जहॉ से आवाज आयी थी। एक सुन्दर सी लड़की अपनी कई दासियों के साथ कमरे से बाहर आयी। जिसकी सुन्दरता किसी परी से कम नही थी। उसका नाम था अमीरन। अमीरन उन चारो से पूछती हैं कि तुम सब को क्या चाहिये।? आरसालान सामने आकर उस से कहता हैं कि क्या तुम मौत के सौदागरो के बारें में जानती हो। तो बताओ वो मुझे कहॉ मिलेगे। अभी वो अपनी बात

पूरी तरह से कह भी नही पाया था। कि आजमाल बीच में बोल पड़ी। क्या तुम सोफियाना दल के गद्दार ओरामा के बारें मे जानती हो। कि वो इस वक्त कहॉ पर हैं और क्या कर रही है। मेरा जादू उसको ढूढॉ क्यों नही पा रहा हैं। कुछ देर सोचने के बाद अमीरन उन दोनो से कहती हैं कि अगर मैं तुम्हारे सारे सवालों के जवाब दे दू। तो उसके बदले तो तुम मुझे क्या दूॅगी।? नकाश उसके सामने आकर पूछता है कि जो तुम कहो? अमीरन नकाश से कहती है कि तो ठीक हैं मुझे सुनहारा पानी चाहियें! सुनहारा पानी का नाम सुनते ही आजमाल उस से कहती हैं कि क्या तुम पागल हो गयी हो! सुनहारा पानी इंसानी मांस खाने वाले पेड़ो के जड़ो में पाया जाता हैं। अगर किसी ने भी उनके पास जाने के कोशिश की! तो सारे पेड़ एक साथ उस पर हमला करके खा जाते हैं। पूरा जंगल इंसानी हाड्डियॉ से भरा पड़ा हैं और लोग उसे जिन्दा कब्रिस्तान भी कहते हैं। जो यहॉ से कुछ ही दूरी पर हैं। आरसालान अमीरन से कहता

हैं कि चिन्ता मत करो। सुनहरा पानी तुम्हें कल तक मिल जायेगा। उसकी बात सुनकर नकाश–आजमाल और लाऊचिंग जैसे ही कुछ कहने चले। उसी समय आरसालान अपना हाथ उठाकर सबको चुप रहने के लिए कहा। अमीरन उस से कहती हैं कि मैनें तुम्हारी बहादुरी और हिम्मत के बारें जैंसा सुना था वैसा ही पाया आरसालान। तीनों उसको जिन्दा कब्रिस्तान में अकेंले जाने से बहुत रोका। मगर उसने किसी की भी बात नही सुनी। सब को वेनिला शहर में छोड़कर खुद अकेला निकला पड़ा–जिन्दा कब्रिस्तान की तरफ। जिन्दा कब्रिस्तान के अन्दर पहुॅचते ही पतियों और झाड़ियॉ की आवाज धीरे–धीरे तेज होने लगी। इस से पहले की आरसालान कुछ समझ पाता। बगल में खड़ी पेड़ टहानियॉ से उस पर हमला कर दी। आरसालान अपनी तलवार और ढाल को निकालकर उस आदमखोर पेड़ से लड़ने लगा। पॉच महागुरू की

सिखाया गयी दॉव–पेचों को अम्मी शारीया और उस्ताद अखीरा के दॉव–पेचों को मिलाकर एक नयें तरीके से लड़ा। जो सात रेगिस्तान में अब तक किसी ने नही सीखा था। कुछ पलों में आरसालान अपनी शक्तिशाली तलवार से उस पेड़ की टहानियॉ को काटकर कमजोर बना दिया। इतने में उसकी मदद के लिए वहॉ पर मौजूद सारे पेड़ एकजुट होकर आरसालान की तरफ बढ़ने लगे। उन सब की टहानियॉ की आवाज को सुनकर आरसालान को पता चल गया। कि वो बड़ी तेजी के साथ मेरी तरफ बढ़ रहे हैं। इस से पहले की सारे पेड़ों की टहानियॉ उसको छू पाती। उस से पहले आजमाल अपनी जादुई ताकत से उठाकर सब को दूर फेक दी। नकाश और लाऊचिंग भी आदमखोर पेड़ों की टहानियॉ को मारते–काटते हुए आरसालान तक पहॅुच गये। वह तीनों से कहता है कि मैनें मना किया था। तुम सब को यहॉ आने के लिए। तीनों एक साथ उस से कहते हैं कि हम सब तुम्हारे है। दोस्त आरसालान। आरसालान उन तीनो से

कहता हैं कि फिर देख क्या रहे हो। खत्म करो इन सब को। इतना कहकर लाऊचिंग को अपना ढाल दे दिया। आजमाल सामने आकर उन तीनों को पीछे हट जाने के लिए कही। इस से पहले की लाऊचिंग उस से कोई सवाल पूछती। आजमाल हाथ उठाकर तीनों को चुप रहने के लिए कही। वह इधर–उधर हाथ हिलाकर जादुई मंत्र पढ़ने लगी। धीरे–धीरे उसका पूरा शरीर आग की लपटो में बदल गया। उसके शरीर से निकली लपटे जंगलों में फैलने लगी और देखते ही देखते पूरा जंगल जल उठा। चारो तरफ आग देखकर पेड़ों का सरदार उनके सामने आया और रहम की भीख मांगते हुआ आकर कहता हैं कि खुदा के लिये रहम करो अजनबियों! हम अपनी हार मानते हैं। हमारे घरो को मत जलाइयें। लाऊचिंग आदमखोर पेड़ो से कहती है कि हम सब तो यहाँ सुनहरे पानी की तलाश में आये थे। लेकिन आपके दल ने हम सब हमला करके पहले लड़ाई की शुरूआत की।

आदमखोर पेड़ों का सरदार उन सब से अपनी भूल के लिए मॉफी मांगा और अपनी पेड़ो की जड़ो को तोड़कर लाऊचिंग को दिया। जिसमें सुनहरा पानी भरा हुआ था। यह देखकर आजमाल अपने सामान्य रूप में आ गयी। उस जंगल की सीमा को पार करते ही आजमाल चुटकी बजाकर वापस उसी तरह से कर दी। जिस तरह से जंगल पहले था। जंगल की सुन्दरता देखकर आदमखोर पेड़ो का सरदार बहुत खुश हुआ। वह मन में फैसला किया कि आज के बाद वो किसी भी कमजोर व्यक्तियों को नही सतायेगा। आरसालान पेड़ की जड़ अमीरन को देकर कहता हैं। कि हम सब ने अपना वादा पूरा किया। अब तुम्हारी बारी हैं। अमीरन उस जड़ों को तोड़कर पानी से भरे एक मरतबान में डाल दी। धीरे–धीरे पानी का रंग काला से सफेद और सफेद से नीला हो गया। अमीरन उस नीले पानी से अपना चेहरा धोयी और कुछ देर बाद उसका पूरा शरीर सोने की तरह चमकर कर वापस सामान्य रूप में आ गया। जब वह अपने आपको

आइने में देखी। तो वो पहले से कही अधिक सुन्दर और जवान देखने लगी। तब अमीरन उन सब से कहती हैं कि अब समझ में आया। कि लोंगो इसे सुनहरा पानी क्यों कहते हैं। तुम्हारे अन्दर जितने भी सवाल हैं। इस पानी को हवा में उछाल कर पूछ लो। लाऊचिंग अमीरन से कहती हैं कि श्याद तुम पागल हो गयी हो। भला यें पानी हमारे सारे सवालो का जवाब कैसे दे सकता हैं। अमीरन गुस्साकर उस से कहती हैं कि बाते मत बनाओं ,दिमाग लगाओ। आजमाल अमीरन से कहती हैं कि दिमाग होगा तब ना।? यह बात सुनते ही लाऊचिंग गुस्साकर उसकी तरफ देखने लगी। फिर दोनों एक–दूसरे को मुँह चिढ़ाने लगे। उनकी हरकतों को देखकर नकाश मन में कहता हैं कि दों बिल्लियों के चक्कर में हम सब एक दिन जरूर मरेगें। वह तुरन्त ही सुनहरा पानी हवा में उछाल कर कहता हैं कि आरसालान और आजमाल के सारे सवालों का जवाब दो। सुनहरा पानी उड़ने

वाला घोड़ा की आकृति लेकर उन चारो की ऑखों में समा गया। इसके बाद चारों वही पर बहोश हो गये। जब उनकी ऑखें खुली। तब वह अपने आपकों पर्शिया की राजधानी तेहरान के बाजार में खड़ा पाया। लाऊचिंग और आजमाल आरसालान को देखकर हैरान हो गयी। क्योंकि उसके ऑखों पर पट्टी नही बॅधी थी। आरसालान अपनी खुली ऑखों से उन तीनों को देखकर बहुत खुश हुआ। तभी बाजार में एक शोर सुनायी दी। कि सुल्तान जमालउद्धीन अपनी बेगम और शहजादा आरसालान के साथ बाजार में घूमने आ रहे हैं। सुल्तान जमालउद्धीन की सेना उनकी सुरक्षा के लिए कतार बनाकर खड़े हो गयी। बाजार में मौजूद सारे लोग घुटने के बल नीचे बैठकर अपना सिर झुका लिये। सुल्तान जमालउद्धीन अपनी सेना के खास दास्ते के साथ तेहरान के बाजार में दाखिल हुए। सेना के सबसे बेहतरीन टुकड़ी से घिरा था मालिका आशिया बानो की शाही पालकी। वह अपने गोद मे लिये हुए बेटे आरसालान के साथ वहॉ के बाजारों को देख

रही थी। आरसालान अपने अम्मी और अब्बू को सामने देखकर खुद को रोक नही पाया और उनको एकबार छूने के लिए दौड़ पड़ा। लेकिन किसी को छू नही पाया। लोगों की भीड़ आरसालान के शरीर से आर–पार निकल गयी। बस वो चुपचाप वही पर खड़ा होकर सब को जाते हुए देखता रहा। आजमाल और लाऊचिंग उसके पास आकर कहती हैं कि होश में आओ आरसालान। हम समय की यात्रा की करके काफी पीछे आ गये हैं यहॉ सिर्फ हम देख सकते हैं और सुन सकते हैं। लेकिन किसी को छू नही सकते। क्योंकि हमारा शरीर हमारे पास नही है। यहॉ तो सिर्फ हमारी आत्मा मौजूद है जो सब कुछ देख रही हैं। आरसालान अपने अब्बू हुजूर को पर्शिया को बादशाह बनाता देखकर बहुत खश हुआ। लेकिन उसकी खुशी ज्यादा देर तक ठहर नही पायी। जब उसको पता चला। कि उनके सौतले चाचा रहमान उमर और खुर्शीद खुरो ने सुल्तान जमालउद्धीन के खिलाफ

जंग का ऐलान कर दिया। अरेबियन की तपती रेगिस्तान में दोनो सेना का घमसान युद्ध हुआ। जिसमें रहमान उमर और खुर्शीद खुरो की सेना बुरी तरह से हार गयी। दोनो को जंजीरो से बॅधाकर सुल्तान के सामने पेश किया गया। सुल्तान अपने दोनो भाइयों को माफ करके राज दरबार में उच्च पद प्रदान किया। सुल्तान जमालउद्दीन के जाते ही दोनों भाई गुस्से भरी नजरों से उसकों देखने लगे। यह देखकर आरसालान हैरान हो गया। इसके बाद वो सब अपनी ऑखे बन्द करके दुबारा खोला। तब अपने–आपको रहमान उमर और खुर्शीद खुरो के कमरे में खड़ा पाया। जहॉ पर दोनों भाई अपना गुस्सा शान्त करने के लिए लगातार शराब पीये जा रहे थे। कि अचानक खुर्शीद खुरो शराब से भरा गिलास जमीन पटक कर कहता हैं कि पर्शिया का तख्त हमारा हैं भाई और किसी अजनबी को उस तख्त पर बैठा देखकर मेरा खून खौल उठता हैं। इस तख्त के लिए हमने क्या नही किया। अब्बू हुजूर की सामने हमने आम लोगो को मरना और

परेशान करना छोड़ दिया। ताकि उनकी नजर हम एक अच्छे शहजादे बन सके और पर्शिया का तख्त हमारा हो सके। लेकिन हमे क्या मिला? अब्बू हुजूर ने जमालद्धीन को पार्शिया का बादशाह बन दिया और हमे उसका शाही नौकर। वह बचपन से ही अब्बू हुजूर का लाडला था। इसलिये शाही दावत हो या शिकार पर। वो हमेशा उनके साथ रहता। हमने कई बार उसको जान से मारने की कोशिश की। लेकिन हर बार उसकी किस्मत ने बचा लिया। मै तो कहता हूँ कि अभी चलकर उसके सारे परिवार को मार डालते हैं। इतना कहकर वो अपनी तलवार हाथ में उठाते हुए जैसे ही दरवाजे की तरफ बढ़ा। उसी समय रहमान उमर उसके सामने आकर कहता हैं कि ऐसी गलती दुबारा मत करना! वरना हम दोनो को किलो की दीवारो में जिन्दा चुनवा दिया जायेगा। ये तख्त की लड़ाई है। इसबार हम तलवार की जगह दिमाग का इस्तेमाल करेगे। इतने कमरे का दरवाज खोलकर एक

शख्स अन्दर आते ही कहता हैं कि तुम्हारा भाई बिल्कुल सही कह रहा हैं। खुर्शीद खुरो उस शख्स से पूछता हैं कि कौन हो तुम ? रहमान उमर खुर्शीद खुरो से कहता है कि शान्त हो जाओ मेरे भाई ! ये हमारा दुश्मन नही है बल्कि हमारा दोस्त रिमक्षिम है राजमहल का शाही हकीम। करीब एक साल से हमारे लिये काम कर रहा है और इसने सुल्तान जमालउद्धीन के खाने में थोड़ा–थोड़ा जहर मिलना शुरू कर दिया। धीरे–धीरे वो खतरनाक जहर एक दिन सुल्तान के पूरे शरीर में फैल जायेगा। और उनकी मौत कुदरती ढ़ग से हो जायेगी। जिस से पूरे पार्शिया में बगावत की आग भी नही फैलेगी और हम बड़े शाही सम्मान के साथ उस तख्त पर बैठकर पूरे सल्तनत पर हुकूमत करेगे। इतना कहकर वह शैतान की तरह जोर–जोर से हॅसने लगा। धीरे–धीरे रहमान उमर ने आस–पास के इलाको के खूनी और बेहरम–हत्यारो को शरीफ इज्जतदार व्यक्ति बताकर शाही सेना में शामिल करने लगा। इस तरह

बादशाह जमालउद्धीन के वफदार सैनिको की जगह रहमान उमर के नये सैनिको ने उनकी जगह लेनी शुरू कर दी। देखते ही देखते पूरा राजमहल रहमान उमर के शिकांजो में कसता चला गया। सेना में सुल्तान जमालउद्धीन के हुक्म से ज्यादा रहमान उमर का हुक्म चलने लगा। क्योंकि उसने सेना और वारिद (गुप्तचर) को अपनी तरफ मिला लिया। राजमहल के नीचे बने खुफिया तहखाने में रहमान उमर की खास सेना को हाथियार चलाने की कला अखीरा नाम का एक बूढ़ा उस्ताद सिखाया करता। लोगो का मानना था कि वो दुनियॉ के सभी हाथियार चलाने में काफी काबिल और बेहतर योद्धा थे। उन जैसा योद्धा पूरे सात रेगिस्तान में। तो क्या सात समुद्र पार भी नही था। लेकिन उस्ताद अखीरा को ये बात मालूम नही थी। कि उसके शार्गिद रात के समय आस–पास के इलाको मे लूट–पाट और हत्या किया करते। धीरे–धीरे वो मौत के सौदागरो के नाम से काफी

महाशूर हो गये। पूरा रेगिस्तान उन सब से डरने लगा। उस्ताद अखीरा इस बात से बेफिक्र होकर उन सब को लड़ने और तलवार चलाने के बेहतरीन तरीके सिखाने में लगे हुए थें। एक दिन जब मौत के सौदागरो अपने पड़ोस के गॉव को लूट रहे थे। कि तभी उस्ताद अखीरा का लाडला बेटा खुश्मा वहॉ पर पहुॅचकर उनका विरोध किया। सब ने मिलकर उसको बड़ी बेहरर्मी से मार डाला। उसी समय उस्ताद अखीरा भी वहॉ पर आ गये। अपने इकलौते बेटे की लाश समाने देखकर उनका खौल उठा और वह अपनी तलवार उठाकर मौत के सौदागरो से लड़ने लगे। उन सब की तलवार बाजी और लड़ाई के दॉव–पेचों को देखकर उस्ताद अखीरा हैरान हो गये। क्योंकि उनके लड़ने की कला और तलवार बाजी बिल्कुल उन्ही की जैसी थी। जैसी वो अपने शार्गिद को सिखाया करते। उस्ताद अखीरा सब को अपना नकाब उतारने के लिए कहा। नकाब के हाटते ही उनके पैरो तले से जमीन खिसक गयी। क्योंकि मौत के सौदागरो कोई

और नही बल्कि उनके शार्गिद थे। जिन्हें वो अपने बेटे से भी ज्यादा प्यार करते थें। देखते ही देखते उनकी तलवार हाथ से छूटकर जमीन पर गिर पड़ी। वह पत्थर के बुत बनकर सिर्फ अपने बेटे खुश्मा की लाश को देखते रहे। फिर वह कुछ कहे बिना चुपचाप उसकी लाश वहॉ से उठाकर जाने लगे। यह देखकर खुर्शीद खुरो रहमान उमर से कहता है कि देख क्या रहे हो भाई! अखीरा को मार डालते हैं,क्योंकि उन्होने हम सब के चेहरे देख लिये हैं। इतना कहकर जैसें ही तलवार म्यान से निकालने चला। उसी समय रहमान उमर अपना हाथ ऊपर उठाकर सब को ऐसा करने से रोका। जब खुर्शीद खुरो इसका कारण पूछा। तब रहमान उमर ने उसको बातया कि एक घायल शेर को युद्ध के लिए ललकारने का मतलब जानता हो। सीधा मौत को गले लगाना। तुम सब मिलकर भी अखीरा उस्ताद का मुकाबला नही कर सकते हो। इसलिये उन्हें यहॉ से जाने दों। खुर्शीद खुरो

चिल्लाकर कहता हैं कि भाई उसने हम सब का चेहरा देख लिया हैं। कही सुल्तान जमालउद्धीन के पास जाकर हम सब के बारें में ना बता दे। कि हम ही मौत के सौदागरो हैं। रहमान उमर खुर्शीद खुरो से कहता हैं कि घबराओ मत! वो ऐसा कुछ नही करेगे। क्योंकि अब उनकी जिन्दगी मौत से भी ज्यादा बदतर होने वाली हैं। इसके बाद मौत के सौदागर अपने घोड़ो पर बैठकर बड़ी तेजी के साथ वहॉ से निकल गये। इधर खुश्मा की कब्र के सामने खड़ा होकर अखीरा उस्ताद कसम खायी। कि आज से वो किसी को भी हाथियार चलाने की तलीम नही देगे और ना ही कभी हाथियार उठायेगे। मौत के सौदागरो का आंतक काली परछाई की तरह पूरे रेगिस्तान मे फैल गयी। सुल्तान जमालउद्धीन ने अपनी पूरी सेना लगा दी उनको पकड़ने में। लेकिन शाही सेना हमेशा नकाम रही। क्योंकि जिसे हर जगह ढूढ़ जा रहा था दरसल वो सुल्तान शाही की सेना में शामिल होकर राजमहल में पहरा दे रहे थे। रहमान उमर ने अलजीरा गॉव की तरफ से सुल्तान

को पत्र लिखकर मदद मांगी। जहॉ पर बंजारों का सुमदाय कई सालों से अपने बच्चों को रीति–रिवाज और करतब बाजी के बेहतरीन तरीके सीखाया करते। ताकि वो आगे चलकर एक अच्छे और कामयाब बंजारे बन सके। उनका सिर्फ एक ही मकसद था। सुल्तान के जन्म उत्सव पर अपने बेहतरीन करतबे दिखाकर उनका खुश करना और इनाम के रूप में शाही महल में दास या दासी बनकर हमेशा शाही परिवार की सेवा करना। लेकिन मौत के सौदागरो ने अलजीरा गॉव को तीन साल पहले ही वहॉ लूटपाट करके सारे समुदाय को बड़ी बेहरर्मी से मार डाला और उनकी लाश वही पर दफना दी। ये बात उनके अलावा और कोई नही जानता। इसलिये रहमान उमर ने उस जगह को अपने षड़यत्र के लिए चुना और खुद पत्र लिखकर सुल्तान से सहायता मांगी। सुल्तान जमालउद्धीन की शाही सेना के पहॅुचने से पहले ही मौत के सौदागर बन्जारे बनकर उसी गॉव में रहने

लगे। इधर रहमान उमर सुल्तान सबसे वफदार और बहादुर सेना के खास दास्ते को अपने साथ लेकर वहॉ पर पहुॅचा। शाही सेना को देखकर पूरा गॉव बहुत खुश हुआ। इसी बीच मौत के सौदागरो का दूसरा दल गॉव पर हमला कर दिया। रहमान उमर सेना को तुरन्त ही उनसे लड़ने का हुक्म दिया। यह सुनते ही पूरी सेना मौत के सौदागरो पर टूट पड़ी। वह अपनी बेहतरीन तलवार बाजी और लड़ाई के दॉव–पेचों से शाही सेना को हैरान कर दिया। शाही सेना की संख्या ज्यादा होने के कारण मौत के सौदागरा पीछे हटने लगे। रहमान उमर का इशारा पाते ही मौत के सौदागरों वहॉ से भाग खड़े हुए। इस से पहले की सेना उनका पीछा कर पाती। पूरे गॉव वाले सब को चारो से घेरकर नाच–गाने लगे। ताकि शाही सेना उनका पीछा नही कर पाये। इसी का फायदा उठाकर रहमान उमर मौत के सौदागरों के पीछे निकल पड़ा। कई मील का सफर तय करने के बाद मौत के सौदागरों का दल एक पुराने किले के अन्दर चला गया। उस

किले का दरवाजा बन्द होने से पहले ही रहमान उमर भी उसके अन्दर चला गया। उसको देखते ही मौत के सौदागर अपने घुटने के बल के नीचे बैठ गये। यह देखकर वह बहुत खुश हुआ और अपने घोड़े से उतकर सीधा एक आलीशान तख्त पर जाकर बैठ गया। तभी रहमान उमर के पैरों के पास एक बिल्ली आकर बैठी। वह तुरन्त ही उस बिल्ली कों अपने गोद में उठाकर सिर पर हाथ से फेरने लगा। फिर उस बिल्ली को वापस वही पर रख दिया। जहॉ से उठाया था। देखते ही देखते अचानक वो बिल्ली एक खूबसूरत लड़की में बदल गयी। जिसने मखमल के रेशमी कपड़ों के साथ बेशकीमती हीरे–जवाहरत भी पहनी हुई थी। दरसल वो कोई और नही ओरामा थी सोफियान दल की गद्दार। दोनो एक–दूसरे को देखकर मुस्कुराने लगे। रहमान उमर ओरामा से कहता है कि इसमें कोई शक नही। कि तुम दुनियॉ की सबसे बेहतरीन जादूगरनी हो। और तुम्हारा मुकाबला इस रेगिस्तान

में कोई भी नही कर सकता। आरोमा अपने बालों पर हाथ फेरकर कहती हैं कि मेरीं झूठी तारीफ करना बन्द करो। देखो मैने तुम्हारे लिये क्या बनाया हैं। इतना कहकर उसके हाथ में लाल रंग की छोटी सी शीशी रख दी। जब रहमान उमर उस लाल रंग की शीशी के बारें में पूछा। तब ओरामा ने उसको बातया कि सात फल और सात फूलों के रस को मिलाकर बनाया गया सबसे शक्तिशाली जहर हैं। इसको छूने से किसी की भी मौत हो सकती हैं और एक बून्द से सात गॉव को खत्म किया जा सकता हैं। रहमान उमर अपने तख्त से उठकर उस लाल की छोटी सी शीशी सब को दिखाते हुए कहता हैं कि अब जीत हम से ज्यादा दूर नही दोस्तो। पर्शिया का तख्त मिलते ही मैं तुम सब को धन–दौलत और सुन्दर दास–दासियों के साथ छोटे–छोटे राज्य तोहफे के रूप में दूॅगा। बस इसी तरह से मेरा साथ देते रहना। उसी रात रहमान उमर मौत के सौदागरों के साथ मिलकर एकबार फिर से अलजीरा गॉव पर हमला करने के

लिए निकल पड़ा। रहमान उमर के जाने के बाद शाही सेना का नेतृत्व शहयार कर रहा था। मौत के सौदागरों को गॉव की तरफ आता देखकर उसने गॉव वालों से कहा है कि इसबार मौत के सौदागरों की संख्या हमे से ज्यादा हैं , लेकिन हम डरने वाले नही हैं बल्कि उनका सामना करेगें। चोट लगने पर उन्हे भी दर्द होता और हमें भी। खून उनका भी निकलता हैं और हमारा भी। वों एक मरेगे तो हम दों मरेगें। बस हाथियार उठाकर उनसे लड़ने के लिए हो जाओ। सारे गॉव वाले चिल्लाकर एक साथ हॉ में जवाब दिया। लड़ाई का सारा सामान गॉव वालों में बॉट दिया गया। मौत के सौदागरों को नजदीक आता देखकर शहयार सब को एक साथ हमला करने के लिए कहा। लेकिन गॉव वाले उन पर ना हमला करके वहॉ पर खड़ी सेना पर हमला कर दिया और कुछ ही देर सब को मार डाला। घायल शहयार अपनी लड़खड़ती आवाज में गॉव वालों से पूछता हैं कि हम तों यहॉ तुम सब

कों बचाने आये थे। तो फिर हम सब क्यों मार ? मौत के सौदागरों का सरदार उसके पास आकर कहता हैं कि दरसल ये सब मौत के सौदागर हैं। शहयार उस से पूछता हैं कि कौन हो तुम। ? वह अपना नकाब हाटते हुए कहता हैं कि मै हूॅ रहमान उमर तुम्हारा सिपाह सालार। उसका असली चेहरा देखकर शहयार के पैरों तले से जमीन खिसक गयी। रहमान उमर शहयार से कहता है कि तुम सब पर्शिया के सबसे वफदार और बहादुर सेना थें। तुम सब के रहते हुए मैं पर्शिया का तख्त हासिल नही कर सकता। इसलिये तुम सब का मरना जरूरी था मेरे लिये। वह उस से कहता हैं कि गद्दार ये मत भूल कि जब–जब रेगिस्तान की रेत तपती है तब–तब कोई ना कोई योद्धा जरूर आता हैं। इस धरती की गोद में लाखों योद्धाओ ने जन्म लिया हैं। मगर असली योद्धा वही होता हैं जो अपने लिये ना जीकर दूसरे लिये जीता और मरता हैं। लेकिन ये बात तुम जैसे गद्दार को समझ में नही आयेगी। एक दिन वो योद्धा

आयेगा तुम्हारी गुनाहो की सजा देने के लिए रहमान उमर। उसकी बात सुनकर रहमान उमर के अन्दर का गुस्सा ज्वालमुखी की तरह फूट पड़ा। वह तुरन्त ही अपने तलवार के एक ही वार से उसका गर्दन धड़ से अलग कर दिया। इसके बाद सब की लाशों को वही पर दफना देने का हुक्म दिया। तीन महीने बाद– रहमान उमर खून से लथपथ और बुरी तरह से थका हुआ सुल्तान के दरबार में पेश हुआ। दायें–हाथ के तलवार से टपकता खून और बायें–हाथ में कटा सिर उनके सामने फेककर कहता हैं कि बादशाह सलामत रहें! अब से मौत के सौदागरों का आतंक समाप्त हुआ। ये रहा इसका साबूत। अपने भाई की बहादूरी को देखकर सुल्तान जमालउद्धीन बहुत खुश हुआ और तुरन्त ही उसको इलाज के लिए शाही हकीम रिमझिम के पास भेज दिया गया। रहमान उमर के घायल होने की खबर सुनते ही शाही हकीम के साथ खुर्शीद खुरो भी अपने भाई से मिलने के लिए

वहॉ पर आया। रहमान उमर का इशारा पाते ही दोनो वहॉ पर मौजूद दास–दासियों को इलाज वाले कमरे से बाहर चले जाने को कहा। सब के चलने के बाद दरवाजे और खिड़कियों को बन्द कर दिया गया। दोनों उसके पास आकर कहते हैं कि तुम अपनी ऑखें खोल सकते हो। बेहोशी का नाटक कर रहा रहमान उमर पलंग पर से उठकर खड़ा हो गया। वह अपने कमर में बंध रखी चमड़े की थैली खोलकर उसमें रखी जहर की शीशी और शाही फरमान के जैसे ही नकल करके बनायी गयी दूसरी शाही फरमान। जो बिल्कुल एक जैसी ही थी। बस फर्क इतना था कि एक पर शाही मोहर का निशान था और दूसरे पर नही। इसलिये वो बेकार था। ये दोनो चीज अपने भाई खुर्शीद खुरो और शाही हकीम को देकर कहता हैं कि शाही फरमान पर मोहर लगाने की जिम्मेदारी तुम्हारी हैं भाई, और उस पर जहर का लेप लगाने की जिम्मेदारी तुम्हारी रिमझिम। याद रखना एक भी गलती हम सब की जान ले सकती हैं। दोनो रहमान उमर को विश्वास

दिलाया कि वो ऐसी कोई गलती नही करेगें जिस से हम पकड़ जाये। इसके बाद दोनो वहॉ से चले गये और रहमान उमर चुपचाप वापस पंलग पर लेट गया। आधी रात के समय जब पूरा राजमहल सो रहा था तब ये दोनो शाही पहरेदारो की नजरों से अपने–आपको बचाते हुए चुपके से सुल्तान जमालउद्धीन के कमरे में पहुॅचे। जहॉ पर वो अपनी बेगम आशिया बानों के साथ गहरी में सो रहे थे। रिमझिम अपने कमर में छिपी रखी इत्र की छोटी सी शीशी सो रहे सुल्तान और उनकी बेगम के पास ले जाकर खोल दी। जिस से वो दोनो नीद में ही बेहोश हो गये। रिमझिम का इशारा का पाते ही खुर्शीद खुरो शाही फरमान पर जल्दी–जल्दी मोहर लगाना शुरू कर दिया। शाही फरमान पर मोहर लगाने का काम खत्म होते ही रिमझिम बड़ी सावधानी से उस पर जहर का लेप लगाकर वापस उसी तरह से रख दिया। जैसे पहले रखा हुआ था। शाही फरमान पर मोहर लगा देखकर रहमान उमर

बहुत खुश हुआ और उसने तुरन्त ही उस पर पड़ोस के देशों पर हमला करने का हुक्म लिख दिया। फिर आम जनता और किसानों पर करो की सीमा भी बढ़ा दिया। कर ना देने पर जमीन–मकान और सम्पति जब्बत करने का हुक्म भी लिखा। शाही फरमान पर मोहर लगा देखकर सेना तुरन्त ही पड़ोस के देशों पर हमला करने के लिए निकल पड़ी। सब को ऐसा लगा कि ये सब कुछ सुल्तान जमालउद्धीन के इशारो पर हो रहा हैं मगर सुल्तान को इन सब के बारें में कुछ नही मालूम था। क्योंकि रात के खाने में लगतार दिये जा रहे जहर के कारण उनकी तबियत हमेंशा खराब रहने लगी। सुल्तान का नाम लेकर किसान और व्यापारियों पर काफी अत्याचार किया गया। कर ना चुकाने पर उन सभी की सम्पति छिनकर बेघर कर दिया। उधर–शाही सेना ने भी पड़ोस के देशो पर हमला करके उनका सब कुछ तबाह कर दिया। चारो तरफ लूटपाट–हत्या और मारकाट जैसी घटनाए होने लगी। तंग आकर सब ने सुल्तान के खिलाफ

बगावत कर दी। उसमें से कुछ लोगो ने अपना दल बनाकर सुल्तान के शाही सेना लड़ने लगे। एक दिन सुल्तान का सबसे वफदार गुप्तचर उनके यह खबर दी कि आपने जो शाही फरमान जारी किया था। उसकी वजह चारो तरफ बगावत की आग फैल चुकी हैं। सब कोई आपको तख्त से हटाने के बारें सोच रहे हैं। सुल्तान जमालउद्धीन गुप्तचर से कहता है कि मैंने अभी तक कोई शाही फरमान जारी नही किया। उसने तुरन्त ही शाही फरमान निकालकर सुल्तान को दिखाया। शाही फरमान को पढ़ते ही उनके पैरो तले से जमीन खिसक गयी। उस पर पड़ोसी देशो के रिसायत पर हमला करने के साथ–साथ किसानो और व्यापारियों पर करो की सीमा बढ़ा देना का भी हुक्म था। उसके आगे ये लिखा था कि कर ना देने पर उनकी जमीन और सम्पति को जबरदस्ती छिन लिया जाये। गुप्तचर उनसे कहता हैं कि आपकी जान को खतरा हैं। इसलिये राजमहल से बाहर ना निकले और हो सके

तो यहाँ से कही दूर चले जाइये। क्योंकि महल पर किसी भी समय बागियों का हमला हो सकता हैं। सुल्तान जमालउद्धीन तलवार निकालकर कहता हैं कि जो भी इस साजिश में शामिल होगा ,उसका सिर जंगली हाथियों से कुचलवा दिया जायेगा। उस गुप्तचर के जाने के बाद सुल्तान तुरन्त ही शाही मोहर को देखने के लिए कमरे में आये। जो एक सुन्दर सी अलमारी के अन्दर रखी हुई थी। उसको अपनी जगह पर देखकर सुल्तान जमालउद्धीन राहत की साँस ली। फिर उसको अपने हाथ में लेकर सोचने लगे कि जब शाही मोहर यहाँ पर मौजूद है तो। उस फरमान पर इसका निशान कैसे आया ? कुछ देर सोचने के बाद शाही मोहर को वापस उसी जगह पर रख दी। जहाँ से उठायी थी। शाही मोहर पर लगे जहर से सुल्तान जमालउद्धीन का एक हाथ अचानक नीला पड़ गया और पूरे शरीर में जलन होने लगी। इस जलन के बावजूद युद्ध पर जाने के लिए पोशाक पहनने लगे। उनकी बेगम आशिया बाने

और उनका बेटा आरसालान उनको बाहर जाने से रोका। उन दोनो की बात नजर अन्दाज करते हुए कहते हैं कि यहाँ की हालत हद से ज्यादा बदतर हो गयी। सब जगह जंग छिड़ी हुई और पूरा पार्शिया आखिरी सांस ले रहा हैं। ऐसे वक्त में सुल्तान का राजमहल के अन्दर रहने से कही गुना अच्छा होगा युद्ध में लड़ते हुए अपनी सेना के साथ मर जाना। इतना कहकर सुल्तान जमालउद्धीन राजमहल में बची हुई शाही सेना के साथ वहाँ से निकल पड़े। लेकिन तेहरान के बाजार में पहुँचते ही उनकी मौत हो गयी। मौत की खबर मिलते ही पूरा महल आसूओ के सागर में डूब गया। पार्शिया के बहादुर और रहमदिल बादशाह को शाही सम्मान के साथ दफना दिया गया। अभी कब्र की मिट्ठी सूखी भी ना थी। कि सात साल के आरसालान को पार्शिया का अगला बादशाह घोषित कर दिया गया। पूरे सल्तनत की देख–रेख की जिम्मेदारी आशिया बानो के कंधो पर आ गयी। धीरे–धीरे सल्तनत की

हालत सुधारने लगीं। कि तभी रहमान उमर ने अपना आखरी पाशा फेका। एक झूठ शाही फरमान मािल्लका आशिया बानो के पास भेजा। जिसमें लिखा था कि उनकी अम्मी की हालत काफी नाजुक हैं ऐसे वक्त वो आप दोनो को आखिरी बार देखना चाहती हैं। उसको पढ़ने के बाद आशिया बानो ने सेना की छोटी सी टुकड़ी को तैयार होने का हुक्म दिया। शाही सेना की सुरक्षा में आशिया बानो की पालकी राजमहल से बाहर निकली। यमन देश से आयी सेना पर्शिया देश की सेना में शामिल हो गयी। देखते ही देखते दोनो टुकड़ियॉ आपस में मिलकर एक बहुत बड़ी सेना बन गयी। यमन देश की सेना का एक सैनिक चोरी छिपे लगतार बाज के जरिये माल्लिका आशिया बानो के काफिले की हर स्थिति और दिशा की खबर मौत के सौदागरो के पास भेजता रहा। बाज को अपने इर्द–गिर्द घमूता देखकर पार्शिया सेना को शंक हुआ। वह तुरन्त ही तीर अन्दाजो को हुक्म देकर उसको मारने के लिए कहा। तीर अन्दाज एक ही वार से

उस बाज को मार गिराया। मरे हुए बाज के पैरो में बॅधे खत को देखते ही पार्शिया सेना हैरान हो गयी। जब वह उस खत को पढ़ा। तब उसमें पार्शिया सेना की संख्या,हाथियार ,घोड़े और माल्लिका आशिया बानो की हर पल–पल की खबर लिखी थी। इसके बाद दोनो सेना अपनी तलवार निकालकर एक–दूसरे से लड़ने के लिए तैयार हो गयी। पार्शिया सेना–यमन की सेना पर तलवार तान कर पूछती हैं कि इस खत के जरिये तुम यहॉ पर किस को बुलाना चाहते थे। अपनी सही पहचान बताओ। वरना यही पर मरे जाओगे। यमन की सेना उन पर जोर–जोर से हॅसते हुए कहती हैं कि हमारी फिर्क करना छोड़ दो और अपने बारे में सोचा। क्योंकि तुम शाही महल से काफी दूर आ चकु हो। इस रेगिस्तान के बीचो तुम्हारी मदद और आवाज सुनने वाला यहॉ दूर–दूर तक कोई नही। ये पूरा रेगिस्तान हमारा हैं – यानी मौत के सौदागरो का। पार्शिया की सेना उस से कहती हैं

कि ये रेगिस्तान तुम जैसे कायरो को नही। बल्कि हम जैसे योद्धाओ की हैं। यहॉ की तपती गर्मी हमारे तलवार में बसती हैं और जब ये तलवार लड़ाई के मैदान में बाहर निकलती है। तब हम से एक ही बात कहती हैं कि लड़ो ताकत के लिए और लड़ो सम्मान के लिए। ताकत और सम्मान की बात सुनते ही पूरी सेना का रोम –रोम लड़ने के लिए तैयार हो गया। इसके बाद दोनो सेनाओ के बीच खूनी जंग शुरू हुई। पार्शिया की सेना मौत के सौदागर को बराबरी की टक्कर दे रही थी। तलवारो के टकराने की आवाज और घोड़े के हिन–हिनाने का शोर सुनते ही पालकी में बैठी आशिया बानो पर्दा हटाकर पदैल चल रही दासी से पूछती है कि ये शोर–शराब कैसा! ? उस दासी ने बातया कि माल्लिका जी आप शहजादे के साथ अन्दर ही रहिये। क्योंकि मौत के सौदागरो ने हम पर हमला कर दिया। आपको इस रेगिस्तान से सुरक्षित निकलने के लिए ही पूरी सेना उनसे लड़ रही हैं। इतना कहकर उस दासी ने पालकी का

पर्दा नीचे गिरा दी। माल्लिका आशिया बानो आरसालान को अपने ऑचल में छिपाकर उस से कहती हैं कि जब तक मैं जिन्दा हूॅ तब तक तम्हे कुछ नही होने दूॅगी मेरे लाल। अचानक उन्हे अपनी दासी की मरने की आवाज सुनायी दी। इस से पहले की आशिया बानो कुछ समझ पाती। चारो नकाब पोश उस को पालकी के अन्दर से घसीट कर तपती हुई रेत पर फेक दिया। आशिया बानो उन चारो से पूछती हैं कि तुम सब आखिर चाहते हो क्या ! ? चारो अपनी तलवार निकालकर उसके तरफ बढ़ते हुए कहते हैं कि तुम्हारी मौत। चारो मिलकर बड़ी बेरहर्मी से आशिया बानो को मार डाला और आरसालान को अन्धा करके मरने के लिए रेगिस्तान में छोड़ दिया। दरसल चारो नकाब पोश कोई और नही। बल्कि रहमान उमर ,खुर्शीद खुरो ,हकीम रिमझिम और ओरामा थी। एक तरफ रेगिस्तान में बिखरी पड़ी थी शाही सैनिक की लाशे। तो दूसरी तरफ अपनी जीत का जश्न मना

रहे मौत के सौदागरो का दल। सब को मारने के बाद मौत के सौदागरो का दल शाही सैनिको का पोशाक पहनकर वापस सेना में शामिल हो गये। आशिया बानो और आरसालान के जाने के बाद रहमान उमर पूरी सल्लतनत की बाग–दौर अपने हाथ में ले ली। इस घटना के तीन महीने के बाद जब उन दोनो की कोई खबर नही आयी। तब रहमान उमर दिखावे के लिये पर्शिया जनता के सामने सेना के खास दास्ते को उन को ढूढॉ निकालने का हुक्म दिया। तीन दिन के बाद शाही सेना खाली हाथ वापस दरबार में आयी। उसने बातया कि बागियों ने माल्लिका आशिया बानो के काफिले पर हमला करके सब को मार डाला। शहजादा आरसालान के जिन्दा होने की भी कोई खबर नही मिली। दरसल रहमान उमर ने शाही सेना को यह फरमान सुनाया था कि अगर कोई भी जिन्दा मिले या फिर उस घटना का चश्मदीद गवाह क्यों ना हो सब को मार डालना। उस से जुड़ा एक भी शख्स जिन्दा नही बचना चाहिये।

पूरे पार्शिया अपनी हुकूमत देखकर रहमान उमर बहुत खुश हुआ। वह बिना किसी विरोध के पार्शिया देश को अगला बादशाह बना और उसने अपना नाम रखा–कमाल पाशा। कुछ महीने बाद ओरामा से शादी करके उसने सभी दुश्मनो को उसके जादू से मरवा डाला। कमाल पाशा के पास शैतानी शक्तियों को देखकर आस–पास के रियासत के बादशाह उस से डरने लगे थे। कोई भी उसके खिलाफ खड़े होने की या फिर उस से लड़ने की हिम्मत नही करता। धीरे–धीरे सारी रिसायत उसकी गुलाम बना गयी। कमाल पाश ने रिमझिम को अलदिया रियासत तोहफे में देकर वहॉ का बादशाह बना दिया। वह अपनी बेगम ओरामा और भाई खुर्शीद खुरो के साथ मिलकर उस जादुई जुगून की खोज में निकल पड़े। आने वाली हर मुसीबत को सामना करते हुए आखिरकार उस झील तक पहुॅच गये–जहॉ पर जादूई जुगून था। झील को बर्फ से जमा देखकर खुर्शीद खुरो ओरामा से कहता

हैं कि यहॉ से चारो तरफ बर्फ ही बर्फ दिखायी दे रहा हैं तो फिर जादुई जुगून हैं कहॉ पर। ओरामा झील कें ऊपर खड़े होकर उनसे कहती हैं कि ठीक हमारे नीचे। यह बात सुनते ही खुर्शीद खुरो हैरान हो गया। कमाल पाशा अपनी तलवार से बर्फ की परत को तोड़ डाला। फिर शाही पोशाक उतार कर उसमें कूद गया। बर्फ के पानी में उसका सामना दो सिर वाले लम्बे–चौड़े एक मगरमच्छ से हुआ। जो उस चादीनुमा अण्डे की हिफाजत (रक्षा) कर रहा था। कमाल पाशा को पानी में अकेला तैरता देखकर उस मगरमच्छ ने हमला कर दिया। उसने तुरन्त ही कमर में छिपा रखी तलवारनुमा चाकू निकालकर उसको मारने लगा। अपने भाई को मगरमच्छ से अकेला लड़ता देखकर खुर्शीद खुरो भी भाल लेकर पानी में कूद पड़ा। दोनो ने भाई मिलकर उस शक्तिशाली मगरमच्छ को मार डाला और उस चॉदीनुमा अण्डा हासिल कर लिया। झील के पानी से निकालकर कमाल पाशा उस चॉदीनुमा अण्डा को ओरामा के कदमों के नीचे रख दिया।

ओरामा खुश होकर उनको बातयी कि दरसल जादुई जुगून को पानी में इसलिये रख गया। ताकि सूरज की रोशनी उस तक पहुॅच ना पाये। क्योकि सूरज की गर्मी पाकर जादुई जुगून दहकाते हुए आग के गोले में बदल जाता और फिर वो एक जबरदस्त धमाके के साथ फट जाता हैं। उसमें से निकलने वाली आग की लहर दूर तक फैलकर हर जिन्दा चीज को जला देती हैं। एक और बात इस चॉदीनुमा अण्डा में जादुई–जुगून ही कैद नही बल्कि इसमें एक शक्तिशाली कवच भी कैद हैं, जिसकी ताकत का तुम अन्दाजा भी नही लगा सकते। दरसल जिसने तिलिस्मी गुफा बनाया था उसी ने वहॉ से निकलने के लिए अपने जादुई बालों से इस जुगून को भी बनाया था। दिखने में तो वो एकदम छोटा है। लेकिन रोशनी सूरज जितनी। जादुई जुगून ही उस भूलभूलइया से बाहर निकलने का एक जरिया हैं। क्योंकि अन्दर की दीवारे लगतार अपना स्थान बदलती रहती हैं। बस

उस जादुई जुगून का पीछा करके ही तिलिस्मी के गुफा से बाहर आ सकते हो। शक्तिशाली कवच उसने इसलिये बनाया था क्योंकि उस गुफा में ऐसे–ऐसे अदभुत जानवर है जिसके बारें तुमने सिर्फ किस्से या कहानियॉ पढ़ा होगा और सुना होगा। लेकिन वो हकीकत में हैं। जिस दिन वो सब आजाद हो जायेगे। वही दिन होगा कयामत का। अपने शक्तिशाली कवच हीलियस को आवाज दो। वह तुम्हारे आस–पास ही मौजूद हैं। उसकी बात मानकर दोनो एक साथ उसका नाम पुकारा। उस जादुई शब्द कहते ही शक्तिशाली कवच दो भागो में बट कर उनके शरीर से जुड़ने लगा और देखते ही देखते दोनो भाई उस कवच के असली मालिक बन गये।

ओरामा उन दोनो से कहती हैं कि दरसल तुम दोनो ने मिलकर उस चॉदीनुमा अण्डा को हासिल किया इसलिये कवच की शक्ति भी आपस में बट गयी।

अब हमें जल्द से जल्द तिलिस्मी गुफा के इलाके में पहुॅचना होगा। क्योंकि हमारे पास वक्त बहुत ही कम हैं। तिलिस्मी गुफा हुकम्बा नाम की पवित्र नगर के अन्दर बसी हुई हैं। जो सात पत्थर के योद्धाओ के शरीर से घिरी थी और वो सब उस दरवाजे के खोलने का इतंजार कर रहे थे। जिसके अन्दर वो बेहरम पहरेदार कैद था दरसल वो सात योद्धा उस पहरेदार को आजाद करने के मकसद से वहॉ पर गये थे। सोफियान दल ने उनका विरोध किया और देखते ही देखते उन दोनो के बीच खतरनाक जंग हुई। जिसको देखकर अंधेरा भी डरकर एक कोने में छिप गया। आखिरकार सात योद्धा उस दरवाज तक पहुॅचने में कामयाब हो गये जहॉ पर वो पहरेदार कैद था। लेकिन दरवाज छूते ही सब पत्थर की मूर्ति में बदल गये। इतिहास के धुधले पन्ने में यह लिखा था कि जब उस पहरेदार कैद किया गया था। तब उसने अपने खून के बून्दो से उन सब को तैयार किया था ,सात योद्धाओ की ताकत सात हजार सेनाओ के बराबर थी। उस नगर को खत्म हुए कई साल बीत चुके हैं। उसकी हिफाजत के लिए सोफियान दल के लोगो ने उसके चारो चट्टान का

जाल बिछा दिया। वह नगर किसी को दिखायी ना दे इसके लिए उन्होने जादुई लाल कोहरे से उसको ढका दिया। उस नगर का नामोनिशान पर्शिया के नक्शे से पूरी तरह से मिटा दिया गया। सिर्फ नक्शे के जरिये ही उस तक पहुँच जा सकता था और वह भी बहुत कम लोगो के पास है। कमाला पाशा अपनी पूरी सेना को हुकम्बा नगर में पहुँचने का हुक्म लिखा। फिर उस शाही–फरमान बाज के पैरो में बाधकर वहॉ से उड़ा दिया। आजमाल,लाऊचिंग नकाश और आरसालान की आत्म धीरे–धीरे हवा में घुलने लगी। यह देखकर चारों आपस में कहते है कि लगता हैं सुनहरा पानी का असर खत्म हो रहा हैं। जब उनकी ऑखे खुली। तब वह अपने–आपको एक आलीशान बिस्तरे पर पाया। आजमाल और लाऊचिंग एक–दूसरे से कहती हैं कि मेरा सिर बहुत तेजी से घूम रहा हैं और हम यहॉ पर आये कैसे ? उसी समय अमीरन अपनी दासियों के साथ वहॉ पर आकर कहती है कि ये सब समय की लम्बी यात्रा करके वापस अपने समय में लौटकर आने का असर हैं। इसमें घबराने वाली कोई बात नही हैं कुछ ही पलों आप सब ठीक हो जायेगे। दरसल ये मेरा शाही कमरा हैं। तुम सब को सराय में बेहोश पड़ा देखकर

मुझसे रहा नही गया और अपने दास–दासियों की मदद से तुम सब को उठाकर यहॉ ले आयी। नकाश होश में आते ही ओरामा से कहता हैं कि हम कितने दिनों तक बेहोश थे ? अमीरन उन तीनो से कहती है कि पूरे एक महीने।

यह बात सुनते ही तीनो हैरान होकर उसकी तरफ देखने लगे। लाऊचिंग ,आजमाल और नकाश से कहती है कि हम तो होश में आ गये है लेकिन अभी तक को आरसालान को होश क्यो नही आया।? इसका पूरा शरीर ठण्डा पड़ते जा रहा हैं। अमीरन आरसालान के माथे पर हाथ रखकर अपनी ऑखे बन्द कर ली और सब से कहती हैं कि ये अभी भी समय के भॅवर जाल में फॅसा में हुआ हैं। अगर उसकी आत्मा जल्दी ही अपने शरीर में वापस नही आयी तो वही पर हमेशा–हमेशा के लिए फॅस जायेगी और उसकी मौत नीद में ही हो जायेगी। आजमाल अमीरन से कहती हैं कि आरसालान एक महान योद्धा हैं और उसकी मौत एक कायर की तरह नही हो सकती। मुझे उस पर पूरा भरोसा हैं कि वो मौत को

भी हार कर लौटेगा। इतना कहकर उसके बेजान शरीर को हिलाते हुए कहती हैं कि आरसालान मेरी आवाज सुनो हमे तुम्हारी जरूरत हैं आरसालान। मेरी आवाज सुनो। लाऊचिंग और नकाश भी उसके पास बैठकर आवाज देने लगे। अचानक आरसालान अपनी ऑखे खोल ली और जोर–जोर से सॉस लेने लगा। उसको सही–सलामत देखकर तीनो बहुत खुश हुए। अमीरन ने आरसालान को बातया कि तुम्हे जल्द से जल्द आलदिया रिसायत पहुॅचना होगा। क्योंकि तुम्हारी अम्मी शारीया और उस्ताद आखीरा की जान खतरे में हैं। वहॉ के बादशाह रिमझिम ने उन पर पर्शिया के सुल्तान क खिलाफ मौत का षडयंत्र रचने और विद्रोहियों की मदद करने का आरोप लगाकर किले में कैद कर दिया। कल उन्हें बाजार के चौराहे पर लाकर फॉसी दे दी जायेगी। ताकि कोई भी सुल्तान के खिलाफ जाने की कोशिश न करें और उनके दिल में डर हमेशा कायम रहे। आरसालान का गुस्सा ज्वालमुखी की तरह फूट पड़ा हैं वह चिल्लाकर कहता हैं कि उस से पहले मैं पूरा आलदिया रियासत को खून में डुबो दूॅगा। मौत की घाटी से मिली रेशमी पोशाक पहनने लगा। जिसका रंग नीला और सुनहरा था। ढाल कंधे के पीछा रखा

और तलवार अपने कमर में बॉधी। फिर पंलग पर रखी धनुष को अपने हाथ में लिया। जो मौत की घाटी के पहरेदार ने दिया था। उसमें लगी लोहे की तार को पूरी ताकत से खीचकर जब छोड़ा। तब एक जबरदस्त आधी का झोका वहॉ पर रखे सारे सामान को तहस–नहस करते हुए सामने का दरवाजा तोड़कर बाहर निकल गया। उस धनुष की ताकत देखकर सब हैरान हो गये। लाऊचिंग सब से कहती हैं कि ये कोई मामूली धनुष नही हैं बल्कि किसी देवता की हैं। आरसालान सब से कहता हैं कि मुझे इस से कोई मतलब नही कि ये धनुष देवताओ को हैं या फिर शैतान का। मुझे बस इतना मालूम हैं कि मेरी अम्मी की जान खतरे में हैं और मुझे उन्हें हर हाल में बचना हैं। आजमाल ,लाऊचिंग और नकाश उस से कहते हैं कि हम सब भी तुम्हारे साथ चलेगे आरसालान। उनकी बात सुनकर आरसालान तीनो से कहता हैं कि ठीक हैं सब एक–दूसरे का ख्याल रखना। क्योंकि आलदिया रियासत पहुॅचते ही वहॉ की शाही सेना से मुकाबला करना होगा। लाऊचिंग आगे आकर आरसालान से कहती हैं कि तुम चिंता मत करो आरसालान! मुझे तो बचपन से ही खतरों

से खेलना का शौक हैं। आजमाल उस से कहती हैं कि तो ठीक हैं। तुम ही आगे रहकर तीरों का सामना करना। लाऊचिंग उस से कहती हैं कि मैं तो मजाक कर रही थी। अमीरन उन चारो से कहती हैं कि रूक जाओ! मैं तुम्हें कुछ देना चाहती हूॅ,बस मेरे पीछे आओ। सब बिना सवाल किये ही उसके पीछे चलने लगे। अमीरन सब को अपने साथ लेकर एक बगीचे में पहुॅची। जो सराय के बिल्कुल पीछे था। खाली बगीचे देखकर नकाश उस से कहता हैं कि यहॉ तो कोई भी नही हैं फिर हमें यहॉ पास क्यों लायी। अमीरन बिन कुछ कहे अपने साथ लायी हुई बासुरी को बजाने लगी। उस बासुरी से निकली मधुर संगीत को सुनकर चार काले घोड़े झाड़ियो से बाहर आये। घोड़ो को सामने खड़ा देखकर अमीरन बासुरी बजाना बीच में बन्द कर दिया और उन पर प्यार से हाथ फेरते हुए कहती हैं कि इन चारो को मैनें तुर्की के एक व्यापारी से खरीदा था। जो किसी काम से यहॉ पर आया था। इनके बारें एक और बात जानकर तुम सब को हैरानी होगी कि ये चारो सबसे ऊॅचे और अच्छे नस्ल के घोड़े हैं। जिनकी रफतार आम घोड़े से चार गुनी अधिक हैं। लम्बी–लम्बी दूरी का सफर कुछ ही घण्टो

में तय करते हैं। इनकी सबसे ज्यादा जरूरत तुम सब को हैं। एक–एक करके सब उन चारो घोड़े पर बैठ गये। नकाश अमीरन से सिर्फ एक ही शब्द कहता हैं कि मेरे हाथी का ख्याल रखना। इतना कहकर चारो अलदिया रियासत की तरफ निकल पड़े। धीरे–धीरे घोड़े की रफतार इतनी तेज हो गयी कि उनके खुरो से आग की लपटे दिखायी देने लगी। हवा के तेज झोको के साथ चारो अलदिया रियासत की सीमा में पहुॅचे। इधर बादशाह रिमझिम के हुक्म पर शारीया और उस्ताद आखीरा को जंजीरो बंधकर बाजारो में घूमाया गया। ताकि कोई भी बादशाह ए–जहान कमाल पाशा के खिलाफ कोई जाने की कोशिश ना करे । रूकने पर दोनो को कोड़ो से मार गया। शारीया और आखीरा को बादशाह रिमझिम के सामने पेश किया गया। जो बाजार के बीचो बीच एक आलीशान तख्त पर बैठा हुआ था और उसकी रक्षा के लिए शाही सेना की छोटी सी टुकड़ी उनके पीछे खड़ी हुई थी। आखीरा और शारीया को बादशाह रिमझिम के सामने सिर झुकाने के लिए कहा। दोनो एक साथ उस से कहते हैं कि तुम्हारे सामने सिर झुकाने से अच्छा है! मौत

को गले लगाना। उनकी बात सुनकर बादशाह रिमझिम उन दोनो से कहता हैं कि तो फिर ठीक हैं खत्म कर दो इन बागियों को। बादशाह रिमझिम के हुक्म पर सिपाह सालार मनजीर उन दोनो के पीठ पर भाले से चोट करके जमीन पर बैठने के लिए मजबूर कर दिया। फिर मनजीर म्यान से तलवार निकालकर शारीया के गले पर रखकर जैसे ही काटने चला। उसी समय दीवारो पर खड़े दो पहरेदार एक साथ चिल्लाकर कहते हैं कि कुछ घुड़सवार हमारी तरफ बड़ी तेजी से बढ़े चले आ रहे हैं हुजूर। उस सैनिक की बात सुनकर मनजीर बादशाह रिमझिम से कहता हैं कि हुजूर लगता हैं कि इनको बचाने के लिए बागियों की छोटी सी फौज इधर ही आ रही हैं। बादशाह रिमझिम हंसकर मनजीर से कहता हैं कि बागियों की इतनी हिम्मत! किले के फाटक का पहरा दुगना कर दो। शाही सेना की सख्या बढ़ा दो। किले ऊपर पहरा दे रहे सैनिको को हटाकर उनकी जगह तीर अन्दाजो को लगा दो। बादशाह का हुक्म मानकर मनजीर ने बिल्कुल वैसा ही किया। जैसा उन्होने कहा था। किले के ऊपर तीर अन्दाजो को देखते ही आजमाल चिल्लाकर कहती हैं कि सब अपनी जान बचाओ हम पर हमला

होने वाला हैं। आजमाल का अनुमान बिल्कुल सही था बादशाह का हुक्म पाते ही तीर अन्दाजो ने उन पर हमला करना शुरू कर दिया और कुछ पहरेदारो उन पर भाले से। तूफानी घोड़ो के कारण एक भी तीर और भाल उनको छू नही पाया। किले का दरवाजा बन्द देखकर लाऊचिंग आरसालान से कहती हैं कि किले का दरवाजा बन्द है अगर हम रोके तो मारे जायेगे। आरसालान चिल्लाकर सिर्फ एक ही शब्द कहता हैं कि आजमाल। उसका इशारा पाते ही आजमाल इतना जोर से ताली बजायी। कि किले का दरवाजे में जबरदस्त धमाका हुआ। उस धमाके से किले के ऊपर खड़े तीर अन्दाज जमीन गिरने लगे और दरवाजो के पीछे खड़ी सेना हवा में उछलकर इधर–उधर गिर पड़े। बादशाह के कॉप कापते हुए पैरो को देखकर उस्ताद आखीरा जोर–जोर से हंसते हुए कहता हैं कि मौत को सामने देखकर डर लग रहा हैं बादशाह रिमझिम। आज तुम कही भी जाकर छिप जाओ। सेना की सख्या दुगनी या चौगनी कर डाला। लेकिन तुम्हारी मौत तय हैं। बादशाह रिमझिम उस्ताद आखीरा के चेहरे पर जबरदस्त घूसा मारकर चुप

रहने को कहा। इसी बीच तूफानी घोड़ो के साथ चारो अलदिया रियासत के अन्दर आ गये। सिपाह सालार मनजीर चिल्लाकर पूरी सेना को हुक्म दिया। कि खत्म कर दो इन बागियों को। यहॉ से कोई भी जिन्दा बचकर जाने ना पाये। पूरी सेना एक भूखे भेड़िया की तरह उन पर टूट पड़ी। लाऊचिंग कुंगफू (कुगफु जानवरो की तरह लड़ने वाली सबसे खतरनाक मार्शल आर्ट जो जापान व चीन में काफी लोकप्रिय हैं।) का इस्तेमाल करके सब को बड़ी बेहरमी से मारने लगी। आजमाल अपनी जादुई ताकत की मदद से सब को उठा उठाकर इधर–उधर फेकने लगी। नकाश अपने मजबूत घूसों और लातो से सैनिको को मारने में जुट था। इस तरह तीनो पूरी सेना पर भारी पड़ने लगे। आरसालान सब को मारते हुए बड़ी तेजी के साथ अम्मी शारीया और उस्ताद आखीरा की तरफ बढ़ रहा था। शाही सैनिक उसको खुली ऑखो से देख नही पा रहे थे। बल्कि वो उन सब को सैकड़ो में दिखायी दे रहा था। कुछ ही पलो में आरसालान ने आधा से भी ज्यादा सैनिको को मारकर लाशो का ढेर लगा दिया। आरसालान को अपने सामने खड़ा देखकर मनजीर जोर से चिल्लाते हुए कहता हैं कि हे आरसालान अगर

हिम्मत हैं तो यहॉ आकर अपनी अम्मी की जान बचा ले। सुना हैं कि आवाज सुनकर लड़ने में तुम से बेहतर योद्धा पूरे सात रेगिस्तान में कोई नही है। तो आओ हो जाये हम दोनो के बीच एक खूनी मुकाबला जीतने वाले को मिलेगी जिन्दगी और हारने वाले को मिलेगी मौत। उस से पहले तुम्हारी अन्दर की दहकती आग को थोड़ा सा भड़का दिया जाये। इतना कहकर वह अपनी तलवार एक बार फिर से शारीया के गले पर रख कर दी। आरसालान अपनी अम्मी की जान बचाने के लिए मनजीर की तरफ तेजी से दौड़ा। इस से पहले की आरसालान उस तक पहॅुच पाता। सिपाह सालार मनजीर ने शारीया का गला काट दिया। आरसालान सब को मारते–काटते हुए अपनी अम्मी शारीया के पास पहॅुचा और मनजीर के सीने पर जबरदस्त लात मारकर उसको दूसरी तरफ गिरा देता दिया। और उसने तुरन्त ही अम्मी शारीया को गले लगा लिया। अम्मी शारीया आरसालान से कहती हैं कि तुम्हे यहॉ देखकर मुझे बहुत खुशी मेरे बेटे। अब मैं आराम से मर सकती हॅू। आरसालान रोते हुए कहता हैं कि आप को कुछ नही होगा अम्मी हुजूर! मुझे पर भरोसा

रखिये। शारीया जमीन पर पड़ी तलवार आरसालान को देकर लड़ने के लिए कही। इस से पहले की वो आगे कुछ और कह पाती। उनकी ऑखे हमेशा–हमेशा के लिए बन्द हो गयी। आरसालान उनको गले लगाकर जोर–जोर से रोने लगा। तभी मनजीर अपनी तलवार को हवा में इधर–उधर घुमाते हुए कहता हैं कि हे आरसालान चला आज मैदान में। मैं भी तो देखू तेरी तलवार बाजी। अगर तू लड़ना नही चाहता हैं तो एक कायर की तरह सिर झुकाते हुए अपनी अम्मी की लाश को यहॉ से उठाकर चुप चाप निकल जा। आरसालान ने उनके मरे हुए शरीर को जमीन पर लिटा दिया। अपनी तलवार उसकी तरफ दिखाते हुए ऊँची आवाज में कहता हैं कि मनजीर तुमने मेरी अम्मी को मारकर अच्छा नही किया। इतना कहकर वो एक आदमखोर शेर की तरह उस पर टटू पड़ा। इसी बीच अमीरन अपने दास–दासियों की विशाल सेना के साथ अलदिया रिसायत पर हमला कर दी। हाथी को देखते ही सेना में भगदड़ मच गयी। सब अपनी जान बचाने की लिए इधर–उधर भागने लगे। नकाश अपने हाथी को देखकर बहुत खुश हुआ और उसके सूॅड को गले लगाकर कहता हैं कि मैनें तुमको बहुत याद

किया मेरे नन्हे प्यारे दोस्त। लाऊचिंग नकाश से कहती है कि यहॉ पर भाई चारा दिखाने का समय नही बल्कि मार मारी दिखाने का हैं। नकाश तुरन्त ही उसको इशारो से समझकर शाही सेना पर हमला करने का हुक्म दिया। उसका हाथी सब को दौड़ा –दौड़ा कर सूॅड और पॉव से मारने लगा। अमीरन को अपने दास–दासियों के साथ लड़ता देखकर नकाश, लाऊचिंग और आजमाल हौसला और भी बढ़ गया। वह समय गये कि इस लड़ाई वो अकेले नही हैं बल्कि इनके पास भी खुद की सेना हैं। अचानक बागियों की एक विशाल सेना शोर मचाते हुए अलदिया रियासत के अन्दर आयी और शाही सेना से लड़ना शुरू कर दी। बागियों का सरदार सब को मारते–काटते हुए शारीया के मरे हुए शरीर के पास पहुॅचा और उसको गोद में उठाकर कहता हैं कि इनमें से कोई भी जिन्दा नही बचना चाहियें खत्म कर सब को। बागियों की सख्या ज्यादा होने के कारण शाही सेना धीरे–धीरे कमजोर पड़ने लगी। इधर आरसालान और मनजीर एक–दूसरे पर बड़ी बेहरमी से हमला करने लगे। अचानक आरसालान के लड़ने की गति इतनी तेजी हो गयी। कि वह कभी

दिखायी देता तो कभी नही। मनजीर को समझ में नही आ रहा था कि वो एक अकेले लड़ रहा हैं या फिर हजारो से। उस पर चारो तरफ से लगतार हमला हो रहा था। घायल मनजीर खून से लथपथ होकर जमीन पर गिर पड़ा। अब उसके पास इतनी भी ताकत नही बची थी कि वो दुबारा लड़ सके। आरसालान चिल्लाकर उस से कहता हैं कि मनजीर मरने को तैयार हो जाओ। मनजीर जोर–जोर से हॅसते हुए कहता हैं कि ये तो सिर्फ एक खेल था असली लड़ाई तो अब शुरू होगी। इतना कहकर अपने गले में धाग से बंधी लाल रंग की शीशी को खोला और उसमें भरा नीला रंग का पानी पूरा पी डाला। उस नीले रंग के पानी को पीते ही उसका पूरा शरीर पत्थर में बदल गया। आरसालान के पास आते ही मनजीर उसको खिलौने की तरह उठाकर पूरी ताकत से दूसरी तरफ फेक दिया। उसका शरीर किले के दीवारो से टकराकर वापस जमीन पर गिर पड़ा। यह देखकर आजमाल,लाऊचिंग और नकाश के साथ अमीरन भी सोच में पड़ गयी। कि आरसालान इस शैतान मनजीर का मुकाबला कैसे करेगा। जमीन पर पड़ा आरसालान मौत की घाटी में सिखायी गयी पंच महागुरू की वो तलीम याद आने

लगी। जब उन्होने कुदरत की बहती ताकत के बारें बताया था कि कुछ लोग इसका इस्तेमाल ईश्वर तक पहुँचने में करते है। तो कुछ मधुर संगीत के लिए, तो कुछ शस्त्र–अभ्यास के लिए। जैसा की तुम भी कुदरत की शक्ति का इस्तेमाल अपनी लड़ाई में करते हो। इसलिये हम पंच महागुरू ने फैसला किया हैं कि लड़ाई की सबसे बेहतरीन गुण और अनोखे दॉव पेच तुम्हे सिखायेगे। क्योंकि तुंम धरती और हवा दोनो की ही ताकत का इस्तेमाल करना अच्छी तरह से जानते हो। इसके बाद पंचमहागुरू उसको अपने साथ एक आलीशान हरे–भरे बगीचे में ले गये। जिसकी सुन्दरता किसी जन्नत से कम नही थी। वहॉ पर बैठी लड़कियों की टोली के गिटार से निकली मुधर संगीत आस–पास एक अजीब सी शंन्ति का एहसास दी ला रही थी। पंचमहागुरू आरसालान से कहते हैं कि इस मधुर संगीत को अपने मन में उतर जाने दो। और सब कुछ भूलाकर कुदरत की बहती शक्ति को महसूस करो। उस शक्ति को अपने अन्दर की शक्ति से मिलाकर शरीर को लोहे से ज्यादा मजबूत और सख्त बना डालो। ताकि तुम्हारा पूरा शरीर खुद एक हाथियार में बदल जाये। जादूई

कवच या तलवार से कोई भी योद्धा बन सकता है। लेकिन जो बिना हाथियार के सब को हार दे वही असली योद्धा होता हैं। पंचमहागुरू आरसालान को अपने लड़ाई के दॉव–पेचो के जरिये धरती और हवा में बहती ताकत को काबू करने के लिए कहा। वह दस दिनो तक बिना थके बिना रूके दिन–रात लड़ाई के दॉव–पेच दिखाता रहा। मगर धरती और हवा की ताकत उसके दॉव–पेचो में दिखायी नही दे रही हैं। पंचमहागुरू चिल्लाकर आरसालान से कहते हैं कि बस करो आरसालान। तुम पूरी तरह से थक चुके हो और तुम्हारा शरीर भी। लेकिन वह भी कहॉ मानने वाला था। उसने अपने लड़ने की गति को और बढ़ दिया। आरसालान को बगीचे में अकेला छोड़कर पंचमहागुरू खाना–खाने के लिए अपने कमरे में आये। खाने के मेज पर पंचमहागुरू एक–दूसरे से सवाल करते है कि क्या आरसालान धरती और हवा से बहती ताकत को काबू कर पायेगा। तब पंचमहागुरू में सबसे बड़े ज्ञानी और शांत स्वभाव के धनी लामी गुरू ने सब को बताया कि ये सब समय चक्र का खेल है। क्योकि समय पर ही फल पकता हैं और समय पर ही बाज अण्डे से बाहर आकर एक अच्छा शिकरी बनता हैं। जब आरसालान कुदरत की

दोनों शक्तियों पर काबू कर लेगा। तब वो योद्धा से महायोद्धा बन जायेगा। बस इंतजार करो समय का। क्योंकि समय से लड़ा बलवान कोई नही। इसके बाद खाना खाकर सब सोने के लिए कमरे में चले गये। आधी रात में एक जबरदस्त धमाका हुआ जिसकी आवाज से महागुरू की नीद खुल गयी। कमरे से बाहर आकर देखा कि धरती से निकली रही ऊर्जा आरसालान के दोनो पैरो मे समा रही थी। और हवा उसके चारो ओर ना देखने वाली एक जबरदस्त कवच बना रही थी। जो उसकी लगतार रक्षा कर थी। आरसालान दोनो शक्तियों को अपने अन्दर समटने लगा और धीरे–धीरे उसका पूरा शरीर सोने की तरह चमक उठा। आरसालान के घूसे और लतो के वारो से निकली हवा के तेज झोको से ही आस–पास के पत्थर टूटकर इधर–उधर बिखर गये। क्योंकि उस तेज हवा के झोको में धरती और हवा की मिली–जुली शक्ति थी। जो उसे और भी ज्यादा खतरनाक बना रही थी। आरसालान का पूरा शरीर लोहे से भी ज्यादा मजबूत हो गया था और वार में हवा जैसी तेजी थी। लामी गुरू चिल्लाकर उस से कहते हैं कि आरसालान अपना अभ्यास मत रोकना।

तुम बिल्कुल करीब हो धरती और हवा के। यह सुनते ही उसने अपने लड़ाई के दॉव–पेचो और भी तेज कर दिया। उसका पूरा शरीर जलते हुए आग की तरह दिखायी देने लगा। फिर वही आग उसके तलवार बाजी में भी दिखायी दे रही थी। इस तरह आरसालान कुदरत में बहती शक्तियों पर पूरी तरह से काबू पा लिया। इतने उसे मनजीर की आवाज सुनायी दी। जिस से वो अपने पुराने यादो से बाहर आया। मनजीर उसके पास आकर कहता हैं कि बस इतना ही दम हैं आरसालान। लोगो से सुना था कि मौत की घाटी के पंचमहागुरू ने मिलकर तुम्हे योद्धा से महायोद्धा बनाया था। लेकिन उनका ये महायोद्धा तो एक चूहे की तरह जमीन पर बेहोश पड़ रहा हैं। काश–काश वो ये सब देख पाते कि गलती से उन्होने एक कायर को योद्धा बन दिया। इतना कहकर वो शैतान की तरह जोर–जोर से हॅसने लगा। मगर उसकी हंसी जल्दी ही गायब हो गयी। जब आरसालान पूरी ताकत लगाकर अपने पैरो पर खड़ा हुआ। वह मनजीर से कहता हैं कि अभी कुछ ही देर पहले तुमने ही कहा था कि ये तो खेल हैं लड़ाई अभी खत्म नही बल्कि शुरू हुई। इतना कहकर आरसालान एक लम्बी सांस लिया और अपने

लड़ाई के दॉव–पेचो के जरिये धरती और हवा में फैली शक्तियों से अपना शरीर को लोहे से ज्यादा मजबूत बना लिया। अब उसके हर बार में हवा जैसी तेजी थी। जैसे ही मनजीर आरसालान को घूसा मारने चला। उसी समय आरसालान भी एक जबरदस्त घूसा मारा। दोनो के घूसे आपस में टकराते ही एक जबरदस्त लहर उठी। और चारो दिशाओं में फैल गयी। अचानक मनजीर का घूसे वाला हाथ टूटकर जमीन पर बिखर गया। वह चिल्लाकर कहता हैं कि ऐसा नही हो सकता काले जादू को कोई भी नही हरा सकता। अभी वो अपनी बात पूरी तरह कह भी नही पाया था कि आरसालान उसके पेट में जोर दार घूॅसा मार करके हवा में उछाल दिया। मनजीर का शरीर किले की दीवारो से टकराकर वापस जमीन पर गिर पड़ा। अपने शरीर पर बने दरारों को देखकर मनजीर हैरान हो गया। वह मन में सोचने लगा कि ये मुझे कैसे हरा सकता हैं इसके पास ना तो जादू हैं और ना ही कोई कवच। इसबार मनजीर अपनी पूरी ताकत लगाकर आरसालान को बाये हाथ से घूॅसा मारने चला। तभी उसका हाथ हवा से बने अदृश्य कवच के अन्दर आ

गया और वह भी तुरन्त ही रेत में बदलकर हवा में इधर–उधर बिखर गया। यह देखकर मनजीर जोर–जोर से चिल्लाने लगा मेरा हाथ–मेरा हाथ। आरसालान म्यान से तलवार निकालकर उस से कहता हैं कि तुमने मेरी अम्मी को मारकर अच्छा नही किया मनजीर। इसका बदला तो तुम्हे अपनी जान देकर चुकाना होगा। इतना कहकर अपने तलवार एक ही वार उसका गर्दन धड़ से अलग कर दिया। और देखते ही देखते उसका पूरा शरीर रेत में बदल गया। सिपाह सलार मनजीर की मौत देखकर डर से सेना में भगदड़ मच गयी। सब अपनी जान बचाने के लिए बड़ी तेजी से इधर–उधर भागने लगे। इसी का फायदा उठाकर बादशाह रिमझिम भी वहॉ से भागने की कोशिश की। लेकिन नकाश के हाथों से बच नही पाया। वह उसको धसीटते हुए आरसालान के पास लाकर कहता हैं कि ये रहा तुम्हारा मुजरिम आरसालान। जो यहॉ से भागने की कोशिश कर रहा था। बादशाह रिमझिम आरसालान के पैरो में गिरकर रहम की भीख मागनें लगा। रहम की भीख मंगाते–मंगाते अचानक अपने पैरो में छिपा रखी चाकू निकालकर उसके कंधो पर दे मारा। यह देखकर आजमाल लाऊचिंग, नकाश और अमीरन के साथ

बागियों का सरदार इब्राहिम भी उसको बचाने के लिए दौड़ पड़ा। लेंकिन आरसालान अपना हाथ उठाकर सब को वही पर रोक जाने का इशारा किया। आरसालान कंधो में धसी चाकू को बाहर निकालते हुए उस से कहता हैं कि कायर लोग हमेंशा पीछे से ही हमला करते हैं। क्योकि उनमें इतनी हिम्मत नही होती हैं कि वो सामने से लड़ सके। इतना कहकर वह पूरी ताकत से बादशाह रिमझिम के सीन पर ऐसा घूसा मारा कि उसके हाथ–पॉव की सारी हडिडयॉ अपने आप टूटते चली गयी। बादशाह रिमझिम लड़खड़ाकर जमीन पर गिर पड़ा। उसने बहुत कोशिश की अपने पैरो पर दुबारा खड़े होने की मगर कामयाब नही हो पाया। बस एक अपाहिज की तरह वहॉ पर पड़ा रहा। आरसालान चिल्लाकर सिर्फ एक ही शब्द कहा सोमल। शाही सेना को उठा–उठा कर –पटक–पटका कर और दौड़ा–दौड़ाकर मार रहा नकाश का हाथी सोमल अपना नाम सुनते ही सब कुछ छोड़कर उसके पास आया। सोमल आरसालान को सूॅड से उठाकर अपने ऊपर बैठा लिया और धीरे–धीरे उसकी तरफ बढ़ने लगा। मौत को सामने देखकर बादशाह रिमझिम

चिल्लाकर कहता हैं कि रहम करो आरसालान। आरसालान उस से कहता है कि तुम जैसे शैतान को इस धरती पर जिन्दा रहने का कोई हक नही। खत्म कर दो इस शैतान को सोमल। सोमल अपने भारी भरकम पैरो से कुचल कर मार डाला। बादशाह रिमझिम की मौत से पूरा अलदिया रियासत में खुशियॉ की लहर दौड़ पड़ी। सब जोर–जोर से आरसालान का नाम पुकाराने लगे। आरसालान भीड़ हाटते हुए अपनी अम्मी के शव के पास पहुॅचा। जिसे बागियों का सरदार इब्राहीम गोद में लिये हुए खड़ा था। आरसालान उस से अपनी के शव को लेकर वहॉ से चुपचाप जाने लगा। आजमाल,नकाश, लाऊचिंग और अमीरन के साथ इब्राहीम की पूरी सेना उसके पीछे चलने लगी। कुछ देर बाद एक खुले रेगिस्तान में उनको पूरे शाही सम्मान के साथ दफना दिया गया। देखते ही देखते वहॉ का मौसम बदलने लगा और रेतीले हवायें जोर–जोर से बहने लगी। आरसालान अपनी अम्मी की कब्र की मिटटी को छूते हुए आकाश की तरफ देखकर कहता हैं कि जंग का वक्त नजदीक आ गया हैं आजमाल। उसी समय इब्राहीम उसके पास आकर कहता हैं कि इस जंग को लड़ने के लिए तुम्हे बहुत बड़ी सेना की

जरूरत पड़ेगी आरसालान। क्योकि मेरे वारिद (मुगल काल में गुप्तचरो को वारिद कहा जाता था।) ने सूचना दी हैं कि पर्शिया की विशाल सेना हकुम्बा नगर की तरफ तेजी से बढ़ रही हैं और सात के अन्दर ही सब वहॉ पर पहुॅच जायेगे। हकुम्बा नगर पहुॅचते ही जादूगरनी ओरामा चॉदीनुमा अण्डा में कैद जादुई जुगून को आजाद कर देगी और वो बाहर आते ही सूरज की गर्मी पाकर एक रोशनी के गोले में बदल जायेगे। जिसकी रोशनी सीधा तिलिस्मी भूलभूलइयॉ के गुफा के दरवाजे से टकराते ही उसको पानी की तरह पिघल देगी। जिसे भूलभूलइयॉ का तिलिस्म टूट जायेगा और उसमें कई सालो से कैद वो बेहरम पहरेदार आजाद हो जायेगा। सारी दुनियॉ के लोग उसको अलग–अलग नाम से जानती हैं। सब देशों के राजा–महाराज ये नही चाहते की वो बेहरम पहरेदार कभी आजाद हो। इसलिये सब देश के राजाओ ने मिलकर एक शक्तिशाली सेना का दल बनाया जिसका नाम रखा–ढाल कवच सेना। यह सेना जंग में तभी उतरती हैं जब धरती पर सबसे बड़ा खतरा हो। जब मुझे अपने वारिद से पता चला कि पर्शिया के

बादशाह कमाल पाशा अपनी बेगम ओरामा और छोटे भाई खुर्शीद खुरो के साथ विशाल फौज को लेकर उस बेहरम पहरेदार को आजाद करने के लिए हुकम्बा नगर की तरफ निकल पड़ा है। जो उस घाटी में न जाने कितने सालों से कैद हैं अगर वो आजाद हो गया। तो पर्शिया ही नही बल्कि पूरी दुनियॉ खत्म हो जायेगी। इसलिये उसको हर कीमत पर यहॉ से बाहर जाने रोकना होगा। उस्ताद अखीरा और लाऊचिंग आरसालान से कहते हैं कि इब्राहीम ठीक कह रहा हैं उस शैतान से लड़ने के लिए एक बहुत बड़ी सेना की जरूरत पड़ेगी आरसालान। आरसालान आजमाल से कहता हैं कि अपने जादू से पता चला लगाओ कि हुकम्बा नगर पहुँचने में उन्हे कितना दिन लगेगा। आजमाल अपने जादू का इस्तेमाल करके उसको बातयी कि तीन दिन के अन्दर सब हुकम्बा नगर पहुॅच जायेगे और रक्षा कवच सेना आज रात यहॉ पर पहुॅच जायेगी। आरसलान अमीरन से कहता हैं कि जंग के बादल यहॉ मडरा रहे हैं अमीरन। अलदिया रियासत की पूरी जनता को शाही महल के अन्दर बने तहखाने में ले जाने का इंतजाम करों। ताकि जंग के समय वो सब वहॉ पर हिफाजत से रह सके। सब के चले जाने के बाद

आरसालान इब्राहीम से कहता है कि अम्मी ने मुझे बताया था कि अपने मेरी जान बचायी थी। इसके लिए मैं तहे दिल से आपका शुक्रिया अदा करता हूँ। अलदिया रियासत की हिफाजत के लिए मुझे आपकी पूरी फौज की जरूरत पड़ेगी। इब्राहीम उसके कंधो पर हाथ रखकर कहता हैं कि मैंने तुम्हारी जान नही बचायी बल्कि उस खुदा ने बचायी जो हम सब से बहुत प्यार करता हैं। आज से और अभी से ये पूरी फौज तुम्हारी हैं आरसलाना। वह सबके सामने आकर बागियों से कहता हैं कि इस रियासत में रहने वाले लोगों की जिम्मेदारी आपके कंधो पर हैं और आज से यहॉ की नयी मल्लिका अमीरन। सब को इनका हुक्म मनाना होगा। सारे बागी अपनी तलवार निकालकर आकाश में उठाते हुए कहते हैं कि आरसालान आप चिंता मत कीजिये। हम सब जान की बाजी लड़ा देगे। मगर एक भी शैतान अलदिया रियासत के अन्दर कदम रखने नही देगे। बागियों की फौज तीन भागों में बट गयी। पहला दल सब को शाही महल के अन्दर बने तहखाने में ले जा रहे थे। जहॉ वो जंग के वक्त हिफाजत से रह सके। दूसरा दल अलदिया रियासत के जवान और मजबूत नव जावानो

को इकटठा करके सेना में भर्ती किया जा रहा था ताकि जंग के वक्त उनकी मदद ली जा सके। तीसरा दल अलदिया रियासत के बाहर बड़े–बड़े गढडे खोदकर उसमें लकड़ी के नुकीले भालो को गाड़ रहे थे। फिर उसको पतियो और झाड़ियॉ से ढका जा रहा था। उस गढडों को इसलिये बनाया गया था ताकि दुश्मन की सेना इसमें गिरकर अपने आप मारी जाये। अलदिया रियासत जंग के लिए तैयार हो चुका था। किले के मजबूत घेराबन्दी देखकर इब्राहीम और अखीरा बहुत खुश होकर अमीरन की तारीफ की। इसके बाद सब अमीरन को अलविदा कहकर रक्षा कवच सेना की तरफ निकल पड़े। तूफानी घोड़ो के आगे रेगिस्तान में बह रही ठण्डी हवाये भी डर कर इधर–उधर भागने लगी और घोड़ो के खुरो से निकलती आग की लपट किसी भी पत्थर को पिघला सकती थी। सोमियान किले के पास पहुँचते ही तूफानी घोड़े जमीन पर गिरकर अपना दम तोड़ दिया। इस से पहले की सब कुछ समझ पाते रक्षा कवच सेना उनको चारो से घेर ली। तभी पीछे से एक आवाज सुनायी दी। छोड़ दो इन्हें! ये सब हमारे दोस्त हैं। अपने सेनापति की बात सुनते ही रक्षा कवच सेना अपने–आप पीछे हटने

लगी। जो शख्स उनके सामने आया। उसका नाम था कोयाको। कोयाको इब्राहीम को अपने गले लगाकर कहता हैं कि जैसे ही तुम्हारा खत मिला कि दुनियॉ खतरे में हैं। वैसे ही रक्षा कवच सेना को तुरन्त ही वहॉ पर भेजा दिया गया। अब हम अकेले नही हैं बल्कि पूरे देशों की सेना हमारे साथ हैं। इब्राहीम कोयाको से कहता है कि ये बात कहकर तुमने हमारे अन्दर का हौसला और कई गुना बढ़ा दिया दोस्त। इनसे मिलो ये हमारे दोस्त आरसालान,आजमाल नकाश आखीरा और लाऊचिंग। कोयाको सब से हाथ मिलाकर कहता हैं कि आज पहली बार एक साथ कई योद्धाओं को यहॉ देखकर बहुत खुशी हुई और सबसे बड़ी बात यह हैं कि ये सब हमारे साथ हैं। इब्राहीम बीच में उसके दाये हाथ पर आरसालान,नकाश आजमाल और बायें हाथ में आखीरा, लाऊचिंग। इसके बाद सब चमड़े के बने तम्बू के अन्दर पहुॅचे। जहॉ पर सभी देशों के सेनापति उस बेहरम पहरेदार को रोकने की योजना को बना रहे थे। आरसालान को देखते ही सब अपनी जगह पर खड़े हो गये। इस पर आरसालान उन सब से कहता हैं कि ये वक्त एक–दूसरे को सम्मान देने

के लिए नही हैं बल्कि जंग की तैयारी करने का हैं। उस पहरेदार को रोकने के लिए आप सब ने क्या तैयारी की वो सब मुझे बताये। अलग–अलग देंशो के सेनापति ने उसको बताया कि पर्शिया से बाहर जाने वाले सारे समुद्री रास्ते पर रक्षा कवच सेना का मजबूत घेरा है जिसको पार कर पाना इतना आसान नही। क्योंकि पानी की लड़ाई में उनसे सबसे बेहतर योद्धा पूरे रेगिस्तान में कोई नही। इसी तरह हम सब ने पर्शिया देश से बाहर जाने वाले तीनो रास्तो पर रक्षा कवच की सबसे बेहतरीन टुकड़ी को लगाया हैं। जो मरते दम तक लड़ने के लिए बनायी गयी हैं। बाकी की सेना कल सुबह होते ही हुकम्बा नगर की तरफ निकल जायेगी। उन सब की योजना को सुनकर आरसालान और इब्राहीम भी बहुत खुश हुए और हुकम्बा नगर जाने वाली सेना में शमिल होने का फौसला किया। सब सेनापति ने उसकी बात खुशी से मान ली। उन सब का मानना था कि रक्षा कवच सेना में शामिल होने से सेना की ताकत कई गुना बढ़ जायेगी। चॉदनी रात में आरसालान आकाश में जगमग रहे तारा को महसूस करने की कोशिश कर रहा था। तभी आजमाल,लाऊचिंग ,नकाश इब्राहीम और आखीरा वहॉ पर आये।

लाऊंचिग,आरसालान से कहती हैं कि तुम यहाॅ पर अकेले खड़े होकर क्या सोच रहे हो आरसालान। वह लम्बी सांस लेकर उस से कहता हैं कि जंग की हवाये को महसूस कर रहा हैं लाऊचिंग। वो धीरे–धीरे तेज होती जा रही और कानो में एक अजीब सी संगीत सुनायी दे रही। ऐसा लगा रहा कि सफेद कपड़ा पहनी एक औरत मुझे अपनी गोद में सो जाने का इशारा कर रही हैं। इस बात पर इब्राहीम ने उसको बातया कि दरसल वो जंग की मल्लिका हैं और योद्धा उसके बेटे। वह हमेशा उनके साथ चलती हैं और जब भी कोई योद्धा जंग के मैदान मौत की अंतिम सांस ले रहा होता हैं तब ये उसको अपनी गोद में लेकर उसको दुनिया भर की तकलीफ से आजाद कर देती हैं। आजमाल लाऊचिंग से कहती हैं कि अब जंग का फैसला सिर्फ तलवार पर होगा। जिसकी तलवार में जितनी ताकत होगी वही करेगा मौत पर हुकूमत। आखीरा सब से कहता हैं कि जंग के मैदान कोई नही बता सकता हैं कि कौन बचेगा और कौन मरेगा। जो बचेगा वह इस खौफनाक जंग का अंत अपनी आंखो से देखेगा और खुले आकाश में सांस लेगा। पर्शिया की हर गालियों

घूम–घूमकर हमारी लड़ी गयी जंग की कहानी सुनायेगा। कुछ देर के लिये लोग को समझ में नही आयेगा कि हमने जंग में जान बाजी क्यो लगायी। फिर कुछ देर के लिए लोग हमे याद करके भूल जायेगे और इस तरह इतिहास के किसी पन्नों में धूल से ढकी होगी हमारी जंग की कहानी। मगर समय किसी के लिये रूकता नही और योद्धा कभी मरते नही। बस उनकी जगह कोई दूसरा योद्धा आयेगा। जब भी वो किताबें खुलेगी तब उसके अन्दर से जाबाज योद्धाओ की तलवार की आवाज सुनायी देगी। जिसको सुनते ही आकाश सीना कॉप जायेगा और समुद्र का पानी भी सूखा जायेगा। उसी समय कोयाको वहॉ पर आकर सब से कहता हैं कि जंग पर जाने का वक्त आ गया हैं। रक्षा कवच की बहुत बड़ी फौज आपका नीचे इंतजार कर रही हैं। नकाश कोयाको से कहता हैं कि अब आयेगा जंग का असली मजा। इतना कहकर सब हॅसते हुए अपने तम्बू में चले गये। आरसालान,लाऊचिंग,नकाश इब्राहीम और आखीरा के साथ कोयाको भी जंग पर जाने के लिये तैयार होने लगा। सब अपनी पोशाक में छोटे से लेकर बड़े हाथियार रखने लगे। ताकि जंग के दौरान उसका इस्तेमाल कर सके।

आरसालान तलवार को कमर में बधा और ढाल को पीठ के पीछे रखा। धनुष को हाथ में लेकर तम्बू से बाहर आया। तो वही दूसरी तरफ लाऊचिंग भाल, आजमाल तीर–कमान,नकाश मजबूत हथौड़ा के साथ। इब्राहीम और आखीरा तलवार के साथ। सबसे आखिरी में कोयाको तलवारनुमा तेजधार वाले चाकू के साथ बाहर आया। सब एक–दूसरे को देखकर बहुत खुश हुए। आजमाल और लाऊचिंग एक–दूसरे को देखकर मन में सोचने लगी कि ये तो चलती–फिरती चाकू की दुकान लग रही हैं। कोयाको सब से कहता हैं कि कुछ ही देर में सुबह हो जायेगी। हमे तुरन्त ही हुकम्बा नगर पहुॅचना होगा। रक्षा कवच की सेना हुकम्बा नगर की तरफ निकल पड़ी। बीच रास्ते में ही रक्षा कवच सेना की टुकड़ी चार भागो में बॉटकर अलग–अलग दिशाओं की तरफ निकल गयी। आजमाल ने जब इसका कारण कोयाको से पूछा तब उसने बातया कि ये टुकड़ियॉ पर्शिया की सीमा में तैनात रक्षा कवच की सेना में शामिल होकर उसकी घेराबन्दी को और मजबूत बना देगी। तब उसको तोड़ पाना नामुमकिन होगा। सूरज की रोशनी सब को छूने के लिए उनकी

तरफ बड़ी तेजी से बढ़ रही थी। तो दूसरी तरफ भाल और ढाल लेकर दौड़ रही रक्षा कवच की सेना भी अपनी दौड़ने की गति और भी तेज कर दी। दरसल इस सेना को इस तरह तैयार किया था कि उन्हें न तो दर्द होता था और ना ही चेहरे पर थकान। कई हजार मीलो का सफर आसानी से दौड़कर तय किया करते। उनका मानना था कि शरीर को जितना कष्ट दोगे उतना ही अच्छा होगा। क्योंकि जन्म से लेकर मृत्यु तक ये शरीर सिर्फ सुख और आराम चाहता हैं। जो इन सब चीजें को छोड़कर आगे बढ़ता हैं वही इंसान एक महायोद्धा बनता हैं। सूरज अभी आसमान में पूरी तरह से आया भी नही था। कि उस से पहले रक्षा कवच सेना हकुम्बा नगर पहुँचने में कामयाब हो गयी। तभी चटटान के ऊचे मीनार खड़ा एक पर्शिया सैनिक चिल्लाकर सब को खबरदार किया कि रक्षा कवच की सेना बड़ी तेजी के साथ इसी तरफ रही हैं। यह सुनते ही कमाल पाश उनको रोकने के लिए जैसे ही हुक्म देने चला। ठीक उसी समय ओरामा उसके कंधों पर हाथ रखकर उसको बातयी कि रक्षा कवच सेना अपने–आप एक ऐसी योद्धाओ को फौज हैं जिसको हार पाना नामुमकिन हैं जहॉ पर सब हार

जाते हैं। वहॉ पर रक्षा कवच सेना को लड़ने के लिए भेज जाता हैं। जिनका सिर्फ एक ही मकसद होता हैं–आखिरी दम तक लड़ते रहना। ये ना तो किसी लालच के लिये लड़ती हैं और ना ही किसी रियासत के लिए। बल्कि ये मासूम लोगो के लिए लड़ती हैं। ताकि वो सब हिफाजत से अपने परिवार के साथ रह सके। इसके बदले रक्षा कवच सेना को कुछ नही चाहियें। इसलिये तुम्हारी सेना उनको ज्यादा देर तक मुकाबला नही पायेगी। अब जो भी करना हैं सिर्फ मुझे करना हैं। ओरामा अपने काले जादू का इस्तेमाल करके पूरी पर्शिया सेना को देखते ही देखते खूंखार शैतान में बदल दी। शैतान बनी सेना लड़ने के लिए लगतार चिल्लायी जा रही थी। यह देखकर सुल्तान कमाल पाशा और खुर्शीद खुरो बहुत खुश हुए। रक्षा कवच सेना को देखते ही खत्म करने का हुक्म दिया। उनका हुक्म पाते ही सारी सेना ताजा खून और मांस खाने के लिए रक्षा कवच सेना की तरफ दौड़ पड़ी। जिनमें से आधी सेना एक चट्टान से दूसरे चट्टान पर उछलते–कूदते हुए उनकी तरफ तेजी से बढ़ने लगी। ओरामा सुल्तान कमाल पाश से कहती हैं कि वक्त हमारे पास बहुत ही कम हैं। इस

से पहले की रक्षा कवच सेना यहॉ पर आ जाये। उस से पहले हमें पहरेदार को आजाद करवाना होगा। ताकि वो हमारी मदद कर सके। खुर्शीद खुरो मखमल थैले के अन्दर से चॉदीनुमा अण्डा ओरामा को देकर कहता है ंकि तो फिर इंतजार किसका हैं ? दिखा दो असली कायमात। ओरामा चॉदीनुमा अण्डा को खोलकर उसमें बन्द हजारों जादुई जुगूनो को आजाद कर दी। सूरज की रोशनी सोखकर सारे जुगून तुरन्त ही आपस में जुड़ना शुरू हो गये और देखते ही देखते एक जलते हुए आग के गोले में बदल गया। फिर उसमें से निकलने वाली आग चट्टान की परत को पिघलाना शुरू कर दी। चट्टान के पिघल जाने के बाद लोहें का मजबूत दरवाजा दिखायी दिया। फिर आग से निकलने वाली रोशनी उस दरवाजे को मक्खन की तरह पिघलाना शुरू कर दी। यह देखकर ओरामा सुल्तान कमाल पाश से कहती हैं। कि अब मंजिल हम से ज्यादा दूर नही। इधर हुकम्बा नगर में पहुॅचते ही आरसालान अपना हाथ उठाकर रक्षा कवच सेना को रोकने का हुक्म दिया। कोयाको उसके पास आकर कहता हैं कि क्या हुआ आरसालान। आरसालान धनुष पर तीर रखकर जोर से दूसरी तरफ तानते हुए कहता हैं कि हम

चारों तरफ से घिर चुके हैं सब को लड़ने के लिए कह दों। इतना कहकर चट्टान की सबसे ऊची मीनार की तरफ तीर चला दी। तीर की निकली हवा से एक जबरदस्त तूफान जन्म हुआ जो आस–पास के चट्टान को तोड़ते हुए उन शैतान की तरफ बड़ी तेजी से बढ़ने लगा। चट्टान की सबसे ऊचे मीनार पर खड़े शैतान उस तीर से बने तूफान से अपने आपको बच नही पाये और इधर–उधर गिरने लगे। जब तूफान थमा। तब सारे शैतान धूल–झाड़कर खड़े हुए और चीखते–चिल्लाते हुए उनकी तरफ दौड़ पड़े। यह देखकर कोयाको जोर से चिल्लाकर कहता हैं कि जान लड़ा दो। ढाल और भाल लेकर सेना की छोटी सी टुकड़ी भूखे शेर की तरह उनकी तरफ दौड़ पड़ी। तीर अन्दाज लगतार हमला किये जा रहे थे। शैतानी सेना गिरते–उठते हुए उनकी तरफ बढ़ी तेजी सी चली आ रही थी। दोनो सेना के टकराते ही खूनी जंग की शुरूआत हुई। ढाल और भाले की बेहतरीन दॉव पेच दिखाते हुए उनको पीछे हटने के लिए मजबूर कर दी। लेकिन आस–पास के चट्टानो पर छिपकली की तरह चिपकी शैतान सेना एक साथ कूद पड़े। इस बार कोयाको ने पूरी सेना को लड़ने

का हुक्म दे डाला। एक सिपाही बाज के पैरो में खत बांधकर सरहद पर खड़े रक्षा कवच सेना के पास यह खबर भेज दी कि यहॉ पर जंग शुरू हो चुकी हैं। आजमाल अपनी बेहतरीन तीर अन्दाजी से एक चट्टान से दूसरे चट्टान पर उछलते–कूदते शैतान सेना को हवा में ही मार गिर रही थी। जिस से तीर अन्दाजों का हौसला बढ़ता चल जा रहा था। लाऊचिंग बेहतरीन भाले बाजी के आगे एक भी शैतान ज्यादा देर तक ठहर नही पा रहा था। तो वही दूसरी तरफ नकाश का शक्तिशाली हथौड़ा और इब्राहीम की तलवार बाजी से सब डरकर धीरे–धीरे पीछे हटने लगे। आरसालान और आखीरा सेना के सबसे आगे रहकर शैतानी सेना का मुकाबला कर रहे थे। सही मौका पाते ही आरसालान अपनी तलवार लेकर हुकम्बा नगर के अन्दर दौड़ चला गया। उसको अकेला जाता देखकर कोयाको जोर से चिल्लाते हुए कहता हैं कि आजमाल आरसालान की मदद करों। वो अकेला ज्यादा देर तक उनका मुकाबला नही कर पायेगा। उसकी बात सुनते ही आजमाल,लाऊचिंग नकाश आखीरा, और इब्राहीम शैतानी सेना को मारते–काटते हुए हुकम्बा नगर के अन्दर जाने का रास्ता बनाने लगे। कोयाकों रक्षा कवच सेना को उन

सब की मदद करने का हुक्म दिया। सेना अपनी जान की बाजी लगाकर नगर के अन्दर तक पहुँचने का रास्ता बना दी। सब एक साथ उसके अन्दर दौड़ पड़े। यह देखकर कोयाकों मन ही मन में कहता हैं कि पूरे पर्शिया की उम्मीद तुम सब पर टिकी हैं। खुदा तुम सब की हिफाजत करे। आरसालान चट्टान के घुमावदार सीढ़ियों पर भागते–भागते आखिरकार पत्थर बने सात योद्धाओं के पास पहुँचा गया। जहाँ पर वो उस तिलिस्मी दरवाजें के खुलने का इंतजार कर रहे थें। आरसालान को वहाँ पर खड़ा देखकर ओरामा के पैरों तले से जमीन खिसक गयी। उसने तुरन्त ही कमाल पाश और खुर्शीद खुरो कों उसे रोकने का हुक्म दी। दोनो भाई सिर्फ एक ही शब्द कहा– हीलियस। जादुई शब्द कहते ही उन दोनो का शरीर शक्तिशाली कवच से ढकने लगा। उनका कवच सूरज की रोशनी की तरह लगतार चमक रहा था। कमाल पाश आरसालान से कहता हैं कि तुम्हारे बारे में काफी नाम सुना हैं। लोग कहते हैं कि पूरे पर्शिया में तुम सा बेहतर योद्धा कोई नही। तुम्हारे उस्ताद ने तुमको लड़ाई के हर दॉव पेचों सीखया और ऐसी–ऐसी लड़ाई सिखायी। जिसको बारें में

लोगों ने ना तो कभी सुना होगा और नही देखा होंगा। बादशाह रिमझिम और मनजीर ने तुम्हारी अम्मी को मार करके अच्छा नही किया बल्कि बहुत अच्छा किया। हम से दुश्मनी करने वालों को हमेशा मौत ही मिलती हैं। इसलिये मेरी बात मानो अगर ज्यादा दिन तक जीना चाहते हो। तो चुपचाप हमारी तरफ चले आओ आरसालान। आरसालान कमाल पाश से कहता हैं कि जादुई कवच के अन्दर छिपे चूहें बस मैं इतना कहना चाहता हूँ कि ये कवच भी तुम्हे मरने से नही बचा सकता। मरने से पहले जान लो कि तुम्हे किसी ने मारा। मेरा नाम आरसालान हैं पर्शिया के सुल्तान जमालउद्धीन और मल्लिका आशिया बानों का बेटा और उनके तख्त का इकलौत वारिस। जिसको तुमने अंधा करके जलती रेगिस्तान में मरने के छोड़ दिया था। आज वही तुम्हारी मौत बनकर तुम्हारा सामने खड़ा हैं। खुर्शीद खुरो कमाल पाश से कहता हैं कि काश आप मेरी बात मानकर इसको बचपन में ही खत्म कर दिया होता हो। तो ये दिन देखना नही होता मेंरी बता मानिये। इसको अभी खत्म कर देते हैं। हमारे पास शक्तिशाली कवच हैं और इसके कुछ भी नही। तभी पीछे से एक आवाज सुनायी दी। कि इसको पास वो हैं जो तुम्हारे पास

नही! एक अच्छे दोस्त। जिसकी ताकत किसी कवच से कम नही। आजमाल को सामने खड़ा देखकर ओरामा उस से कहती हैं कि कैसी हो आजमाल। मैने कभी सोच नही था कि हमारी मुलाकात इस तरह होगी। इसलिये मैं तुम्हे एक सलाह देनी चाहती हैं। कि हमारी तरफ आ जाओं तो ज्यादा दिन तक जी पाओगी। आजमाल ओरामा से कहती हैं कि मुझे कोई गम नही ओरामा! क्योंकि मैं तुमकों मारकर ही मारूँगी। इस बात पर ओरामा जोर से हंसते हुए कहती हैं कि तुम मुझे यहॉ मारने आयी हो। तो ये ख्वाब देखना छोड़ दो आजमाल। जादुई लड़ाई के दॉव–पेंचों में तुम मेरे सामने बच्ची हो। तुम्हारा जादू ना तो ताकतवर हैं और ना ही तुम। उस पहरेदार ने मेरी जादू की ताकत को इतना बढ़ दिया कि अब सोफियान दल भी मेरा कुछ नही बिगाड़ सकता। आजमाल ओरामा से कहती हैं कि भले ही मेरा जादू तुम्हारे जादू के सामने कमजोर होगा। लेकिन मैं डरकर तुम्हारे सामने घुटने नही टेकूगी गदृार ओरामा। इतना कहकर उस पर जादुई रोशनी के गोले से लगातार हमला करने लगी। अमीरन का शरीर हवा में उछलकर सीधा चटृान से जा टकराया।

आजमाल के इस अचानक हमले से वहाँ पर जंग की शुरूआत हुई। आरसालान कमाल पाश से,नकाश,लाऊचिंग,आखीरा,इब्राहीम खुर्शीद खुरो से और आजमाल अमीरन से लड़ने लगी। सब जादुई जुगून को भूल गये। जो बड़ी तेजी से तिलिस्मी भूल–भूलइयाँ के दरवाजे को पिघल रहा था। हीलियस कवच की मदद से दोनो भाई सब पर भारी पड़ने लगे। उनके जादुई दाँव–पेचों के आगे कोई भी ज्यादा देर तक टिक नही पा रहा था। ओरामा और आजमाल बर्फीले भालू बनकर एक–दूसरे पर जान लेवा हमला करने लगी। कमाल पाश और खुर्शीद खुरो अपने जादुई कवच से सब को तिनके की तरह उठाकर इधर–उधर हवा में फेक दिया। जमीन पर दर्द से कराह रही लाऊचिंग आरसालान से कहती हैं कि ये कवच बहुत शक्तिशाली हैं इसका मुकाबला हम नही कर पायेगे। जब तक ये इनके पास हैं। तब तक ये चूहे भी शेर की तरह दहाड़ेगे। कमाल पाश और खुर्शीद खुरो मिलकर आरसालान से कहते हैं कि बस इतना ही दम हैं तुम सब में। बाते तो इतनी बड़ी–बड़ी करते हो कि पूरी दुनियाँ को जीत लोगे। मगर दम एक मक्खी जितना भी नही। तुम्हारे आँखों के समाने एक–एक करके सब को मार डालूगा और

तुम कुछ नही कर पाओगे। जिस तरह से मैंने तुम्हारे अम्मी और अब्बू को मार था। आरसालान को बचाने के लिए लाऊचिंग उनके सामने खड़ी होकर कहती हैं कि उस तक पहुॅचने से पहले तुम्हें मुझे लड़ना होगा। जमीन पर दर्द से तड़प रहा आरसालान लाऊचिंग को ऐसा करने से मना किया। लेकिन वो भी भला कहॉ मनाने वाली थी। वह अपने कुफॅू के दॉव पेचों से कमाल पाशा और खुर्शीद खुरो से डटकर मुकाबला करने लगी। हीलियस कवच के आगे उसकी सारी फुतीर्ली और दॉव पेंच बेकार साबित हुई। कमाल पाशा और खुर्शीद खुरों अपनी तलवार के एक ही वार से लाऊचिंग को घायल करके दूसरी तरफ हवा में उछाल दी। उसका शरीर चट्टान से टकराकर वापस जमीन पर गिर पड़ा। लाऊचिंग की दर्द से भरी आवाज सुनकर आरसालान का शरीर गुस्सें की आग से जल उठा और दुबारा लड़ने के लिए पैरों पर खड़ा हुआ। उसके गुस्से की ताकत से आस–पास बिखरे पड़े चट्टान के छोटे–बड़े पत्थर हवा में तैरने लगे। उसकी आनोखी ताकत देखकर कमाल पाशा और खुर्शीद खुरो के साथ वहॉ पर मौजूद सब हैरान हो गये। खुर्शीद खुरो कमाल

पाशा से कहता हैं कि ये कौन सा जादू हैं भाई, कि सारे पत्थर हवा में तैर रहे हैं। कमाल पाशा उस से कहता हैं कि घबराने की कोई बात नही हैं भाई। हमारे पास हीलियस कवच हैं और उसके पास कुछ नही। बस वो एक मामूली इंसान हैं भला हमारा क्या बिगाड़ा लेगा। इतना कहकर दोनो भाई आरसालान की तरफ दौड़ पड़े। कदमों की आवाज सुनते ही आरसालान पॅच महागुरू की सिखायी शीमोन लड़ाई का इस्तेमाल करने लगा। दिमाग और दिल की धड़कन लगतार तेजी बढ़ने लगी और पूरा शरीर नीले रंग की आग से जल उठा। जब यह आग शीमोन की ताक़त से मिली। तब एक जबरदस्त ताकत का जन्म हुआ। शीमोन लड़ाई के दॉव पेचों से निकली हवा के झोको से हवा में तैर रहे पत्थर एक साथ कमाल पाश और खुर्शीद खुरो के कवच से टकराने लगे। दोनो का शरीर तिनको की तरह हवा में उछलकर इधर–उधर जा गिरा। उस तूफान के खत्म होते ही जमीन पर पड़े कमाल पाश और खुर्शीद खुरो अपनी तलवार निकालकर आरसालान की तरफ बड़ी तेजी के साथ दौड़ पड़े। आरसालान भी अपनी तलवार जमीन में धॅसाकर जोर से चिल्लाते हुए उनकी तरफ दौड़ पड़ा। उसने शीमोंन लड़ाई के

दॉव–पेचों का इस्तेमाल करके हीलियस कवच पहने कमाल पाश और खुर्शीद खुरो से लड़ने लगा। धीरे–धीरे उसके लड़ने की गति इतनी तेज होती चली गयी। कि दोनो अपने खुली ऑखों से भी उसको देख नही पा रहे थे। कमाल पाश और खुर्शीद खुरो की तलवार बाजी के दॉव–पेंच भी शीमोन लड़ाई के आगे बेकार साबित हुई। धीरे–धीरे उन दोनो को महसूस हुआ कि उसके चारो ओर हवा का जबरदस्त अदृश्य घेरा हैं। जो तलवार के हर वार को आरसालान के शरीर तक पहुँचने से रोक रहा हैं। तलवार के लगतार वार करते रहने की वजह उनकी उनकी तलवार अचानक रेत में बदलकर बिखर गयी। यह देखते ही दोनो हैरान होकर एक–दूसरे का चेहरा देखने लगे। कमाल पाश और खुर्शीद खुरो आखीरा की सिखायी गयी तूफानी लड़ाई के दांव–पेचों का इस्तेमाल करके आरसालान से लड़ने लगे। तूफानी लड़ाई एक तरह का पुराना मार्शल आर्ट हैं जिसमें जबरदस्त घूसों और लातों का इस्तेमाल किया जाता था। आरसालान के पैर धरती से लगतार ऊर्जा सोखकर पूरे शरीर में पहुँचा रहे थे। उसके घूसे और लातों के वार लोहे से भी ज्यादा

मजबूत थे और गति हवा से भी इतनी तेज थी। घूसे का वार बिल्कुल दिखायी नही दे रहा था। धीरे–धीरे आरसालान दोनो भाइयों पर भारी पड़ने लगा। यह देखकर आखीरा जोर से चिल्लाते हुए कहता हैं कि आरसालान इन शैतान को जिन्दा मत छोड़ना। इन्होने बड़ी बेहरमी से मेरे इकलौते बेटे का मार था। अपने उस्ताद की दर्द भरी आवाज सुनकर उसके अन्दर जानवर जाग उठा। उसने एक पल में बिना रूके 365 घूसा मारा। जिस से हीलियस कवच में दरारे पड़ने शुरू हो गयी। कवच में दरार देखकर खुर्शीद खुरो कमाल पाश से कहता हैं कि लगता है भाई ये कवच धीरे –धीरे कमजोर पड़ रहा हैं। अगर इस पर इसी तरह से वार होता रहा तो ये कवच ज्यादा देर तक टिक नही पायेगा। इसलिये हमें ये लड़ाई तुरन्त ही खत्म करनी होगी। उसको अपने भाई की बात सही लगी। दोनो ने पूरी ताकत से आरसालान पर हमला किया। जब उन दोनों का जबरदस्त घूसा आरसालान के सीने पर पड़ा। तब खून की बौछार उसके मुँह से फूट पड़ी और वह लखड़ाकर घुटने के बल नीचे बैठ गया। कमाल पाश और खुर्शीद खुरो उस पर लगातार लातों से हमला करने लगे। आरसालान के घूसे के एक ही

वार से कमाल पाश के घुटने की हडिडयॉ टूट गयी। वह चीखते–चिल्लाते हुए पीछे की तरफ गिर पड़ा। यह देखकर खुर्शीद खुरो के पैरों तले से जमीन खिसक गयी। इस से पहले की वह कुछ समझ पाता। आरसालान उस पर लगतार हमला करने लगा। उसके घूसे की ताकत से हीलियस कवच में दरारे चारों तरफ फैलती चली गयी और एक ही झटके में कवच कॉच की तरह टूटकर इधर–उधर बिखर गयी। बिना कवच के खुर्शीद खुरों आरसालान के सामने डर के मारे पसीने–पसीने हो गया। अब उसको समझ में नही आ रहा था कि वो कैसें मुकाबला करें। आरसालान अपने मुँह से निकलता खून बाहों में पोछकर उस से कहता हैं कि बचपन में मुझे जिन्दा छोड़कर तुमने बहुत बड़ी गलती कर दी। मुझे भी उसी समय मार देना चाहियें था जब तुम दोनो ने मेरी अम्मी को मार था। खुर्शीद खुरो उस से कहता हैं कि माफ कर दो। मुझे से बहुत बड़ी गलती हो गयी थी आरसालान। आरसालान उस से कहता हैं कि वो गलती नही गुनाह था। जिसकी सजा मैं दूँगा और माफी ऊपर जाकर मेरे अब्बू और अम्मी से मॉगना। इतना कहकर उसने शीमोन

लड़ाई के दॉव–पेचों से उसको ऐसा घूँसा मारा। कि उसके शरीर के अन्दर की सारी हड्डियॉ अपने आप टूटने चली गयी और दिल एक गुब्बारे की तरह फट गया। जिस से उसकी मौत हो गयी। खुर्शीद खुरो की लाश जमीन पर पड़ा देंखकर उस्ताद आखीरा बहुत खुश हुआ। उसके बहते हुए ऑसू इस बात की ओर इशारा कर रहे थें कि उनके अन्दर जल रही बदले की आग आज जाकर शान्त हुई। अपने भाई की लाश सामने पड़ा देखकर कमाल पाश का गुस्सा ज्वालमुखी की तरह फूट पड़ा। अपने की मौत का बदला लेने के लिए कमाल पाश उसकी तरफ बढ़ने लगा। आरसालान उस से कहता हैं कि मौत को सामने देखकर डरो कमाल पाश उर्फ रहमान उमर। यह कहकर ऑखों पर बंधी रेशम की पट्टी हटा दी। उसकी ऑखों को देखकर कमाला पाश जोर–जारे से हंसते हुए कहता हैं कि कैसा लगा मेरा तोहफा। आरसालान उस से कहता हैं कि तुम्हारे दिये गये तोहफे ने ही मुझे सात रेगिस्तान का सबसे महान योद्धा बनाया और तुम्हारी मौत मेंरे ही हाथों से लिखी हैं। दोनो लड़ाई के सबसे खतरनाक दॉव–पेचों का इस्तेमाल करके एक–दूसरे को मारने लगे। लड़ाई के दौरन अचानक कमाल पाश कमजोर

पड़ने लगा। आरसालान के जबरदस्त घूसे की वार से कमाल पाश लखड़ाकर जमीन पर गिर पड़ा। इस से पहले की अपने पैरो पर दुबारा खड़ा हो पाता। आरसालान अपनी पूरी ताकत लगाकर उसके इर्द–गिर्द दौड़ने लगा। जिसे उसके आस–पास रेत का जबरदस्त बवण्डर बनता चला गया। देखते ही देखते कमाल पाश उस बवण्डर के अन्दर फॅस गया। उसने बहुत कोशिश की। उस से बाहर आने की। लेकिन कामयाब नही हो पाया। क्योंकि बवण्डर की घूमती–दीवारे लोहे से भी ज्यादा मजबूत हो चुकी थी। जो उसको बाहर आने से लगतार रोक रही थी। जैसे–जैसे आरसालान अपनी दौड़ने की गति को बढ़ा रहा था उसी के साथ–साथ बवण्डर की ताकत भी बढ़ती चली जा रही थी। अचानक हीलियस कवच के साथ कमाल पाश का शरीर भी रेत बदलने लगा। यह देखकर उसके पैरो तले से जमीन खिसक गयी। वह मन मे सोचने लगा कि अगर इस बवण्डर से जल्दी बाहर निकला तो मेरा पूरा शरीर रेत में बदल जायेगा। हीलियस कवच की पूरी ताकत लगाकर कमाल पाश आरसालान की जबदस्त घूसा मारा। जिसे उसका शरीर हवा में उछलकर कुछ दूर पर

जा गिरा और देखते ही देखते रेत का बवण्डर भी अपने आप गायब हो गया। इस तरह कमाल पाश उस बवण्डर से बाहर आने में कामयाब हो पाया। लेकिन उसका पूरा शरीर रेत में बदल चुका था। वह चिल्लाकर कहता हैं कि ऐसा कैसे हो सकता हैं मैं कभी हार नही सकता। क्योंकि मेरे पास शक्तिशाली हीलियस कवच था। आरसालान उस से कहता हैं कि शक्तिशाली कवच भी मौत को हार नही सकता। अगर दुनियॉ का सबसे शक्तिशाली कवच है। तो वो हैं सच्चाई,ईमानदारी,भलाई और वफादारी। जो असली योद्धा की पहचान हैं। जो इस दुनियॉ में और उस दुनियॉ में उसकी हिफाजत करती हैं। तुम जैसे कायर और धोखे बाज क्या जानोगे। जिसने एक मामूली तख्त के लिए अपने भाई की हत्या कर दी। ऐसे लोग को योद्धा कहलाने का कोई हक नही। कमाल पाश गुस्से से पागल होकर आरसालान को मारने के लिए जैसे ही बढ़ा। उसी समय उसका पूरा शरीर जमीन पर बिखर गया। उधर आजमाल काला और ओरामा सफेद भालू बनकर एक–दूसरे को अपनी पैनी नाखूनो और दॉतो से मारने काटने लगी। इसी लड़ाई को दौरन आजमाल एक शक्तिशाली अजगर के रूप में बदलकर उसका पूरा शरीर अपने

कुण्डली में कसतें हुए चली गयी। धीरे–धीरे सफेद भालू बनी ओरामा का पूरी शरीर की हडिड्यॉ एक–एक करके टूटने लगी। ओरामा अपनी लड़खड़ती आवाज में आजमाल से कहती हैं कि तुम्हारा जादू इतना शक्तिशाली कैसे हो गया। आजमाल ओरामा से कहती हैं कि जब से तुमने सोफियान दल से गद्दारी की। तब से लेकर आज तक मेरे बदले आग लगतार बढ़ती रही। मुझे पूरा यकीन था कि तुम्हारे जादू के सामने मेरा जादू कमजोर हैं। इसलिये मैं जादू के नये–नये दॉव पेच सिखाने लगी और धीरे–धीरे मेरे जादू की ताकत भी बढ़ने लगी। इतना कहकर अपने जहरीले दॉते उसके गर्दन में धॅसाकर खून चूसने लगी। जिसे उसके शरीर में छिपी जादुई शक्तियों को अपने अन्दर सोखने लगी। धीरे–धीरे ओरामा का शरीर हवा में अपने आप घुलने लगा और देखते ही देखते उसका पूरा शरीर हवा में गायब हो गया। आजमाल तुरन्त ही अपने असली रूप में वापस आयी और बाज बनकर सीधा आरसालान के पास पहॅुची । सब एक–दूसरे को सही सलामत देखकर बहुत खुश हुए। कि तभी एक जबरदस्त धमाके साथ भूलभूलइयॉ का

दरवाजा टूटकर इधर–उधर बिखर गया। तिलिस्मी दरवाजा के अन्दर से चार सिर वाली छिपकली और शेरनुमा बाज के साथ तीन–चार मेढ़क बाहर आकर रक्षा कवच सेना पर हमला करने लगे। अतिंम में सॉपनुमा हवा में उड़ने वाला ड्रैगन वहॉ से निकलकर सीधा समुद्र में जाकर गिरा और रक्षा कवच सेना के जहाज को एक एक करके तोड़ने लगा। जिसे सेना में भगदड़ मच गयी। दो रक्षा कवच सैनिक एक–दूसरे से कहते हैं कि एक कहावत तो सुनी होगी तुमने। पानी में रहकर मगरमच्छ से बैर नही करनी चाहिये। मगर ये कहावत आज झूठी साबित होगी । क्योकि इंसानों से खतरनाक इस दुनियॉ में कोई नही। दोनो अपना–अपना लोहे का मुखौटा पहनकर समुद्र में कूद पड़े और उस शैतान को पानी के अन्दर अपने भाले से मारने लगे। देखते ही देखते सारी सेना पानी के अन्दर कूद पड़ी। इधर युद्ध के मैदान में रक्षा कवच सेना उसके सामने चीटी जैसी दिखायी दे रही थी। कोयाको चिल्लाकर कहता है कि ये शैतान दिखने में बहुत बड़े हैं लेकिन हमारे ढाल और तलवार के आगे के कुछ भी नही। दिखा दो अपनी ताकत और बता दो कि हम भी किसी से कम नही। रक्षा कवच सेना चीखते चिल्लाते हुए

तीर–भाले तलवार और धारदार ढालो से लगतार हमला करके सब शैतान को पीछे हटने पर मजबूर कर दी। तो दूसरी तरफ रक्षा कवच के सबसे बेहतरीन तीर अंदाज जादुई रोशनी से सेना पर हमला कर रहे शेरनुमा बाज को मार गिराया। उसके गिरते ही सब सैनिक तलवार और भाले से मारकर तेजी से दूसरे शैतान की तरफ भागे। उधर चट्टान के सबसे ऊचे मीनार पर खड़े लाऊचिंग और नकाश कुछ समझ पाते। उस भूलभूलइयॉ के अन्दर हाथियार बन्द बारह सैनिक लड़ाई के बेहतरीन दॉव पेच दिखाते हुए बाहर आये। जिनका शरीर पत्थर और बालू से मिलकार बना था। इन्सानो की टुकड़ी को सामने खड़ा देखकर वो सेना अपने हाथियार हवा में तेजी गति से इधर–उधर नाचते हुए उनकी तरफ दौड़ पड़े। उन सब को अपनी तरफ आता देखकर लाऊचिंग और नकाश आजमाल से पूछते हैं कि आखिर ये करना क्या चाहते है? आजमाल। तब आजमाल ने बातया कि इन्हे इंसानो को मारने के लिए ही बनाया गया हैं। अगर हमने इन्हे नही मार तो। ये हम सब को बड़ी बेहरमी से मार डालेगे। लाऊचिंग आजमाल से पूछती हैं कि कोई और रास्ता

नही हैं क्या ? आजमाल उस से कहती है कि एक रास्ता हैं ना। खुद को चाकू मार लो। आरसालान चिल्लाकर सब से कहता है कि जंग के लिए तैयार हो जाओ। इतना कहकर सब उनकी तरफ तेजी से दौड़ पड़े। आरसालान के बेहतरीन तलवार बाजी, लाऊचिंग के मार्शल आर्ट, नकाश गरजता हथौड़ा और आजमाल जादुई ताकत के सामने बारह सैनिक धूल मे मिल गये। तभी भूलभलइयॉ के गुफा के अन्दर से किसी शख्स के कदमों की आवाज सुनायी दी। उस्ताद आखीरा सब से कहता हैं कि वो आजाद हो गया। वो बेहरम पहरेदार आजाद हो गया। उस बेहरम पहरेदार ने काले रंग की पोशाक पहन रखी थी। जिसके किनारो की कढ़ाई सोने के जादुई धागों से हुई थी। बाल काले और आखों को रंग का एकदम नीला था। चेहरा बिल्कुल लाल था और शरीर बर्फ से भी ज्यादा ठण्डा था। उसके दोनो हाथों के नाखून काले लम्बे और तेजधार के थे। वह बेहरम पहरेदार उन सब से कहता हैं कि मुझे मारने के लिए जहन्नुम के बादशाह ने इंसानो को यहॉ पर भेजा हैं लेकिन सब बार भूल जाते हैं कि मुझे मार पाना नामुमकिन हैं। इतना कहकर वो बेहरम पहरेदार उन सब पर जादुई गोले से हमला करने

लगा। उस शक्तिशाली जादुई गोलो के धमाकों से बचने के लिए सब इधर–उधर भागने लगे और जल्दी से एक चट्टान के पीछे छिपे गये। नकाश सब से कहता हैं कि इसे मारना तो बहुत दूर की बात हैं हम इसका मुकाबला भी नही कर सकते। लाऊचिंग नकाश से कहती हैं कि तुम ठीक कह रहे हो। नकाश अगर सामने से मुकाबला करने की कोशिश की। तो हम सब आसानी से मारे जायेगे। इसलिये यहाँ पर ताकत की बजाये दिमाग का इस्तेमाल करेगे। क्योकि दिमाग की ताकत के आगे शरीर और जादू की ताकत कुछ भी नही। बस जरूरत हैं तो उसका ध्यान बाटने की। फिर हम उसको आसानी से मार सकते हैं। आरसालान लाऊचिंग से कहता हैं कि मुझे तुम्हारी योजना काफी पसन्द आयी। इसलिये मैं सामने से हमला करूँगा और बाकी के सब दूसरी तरफ से एक साथ हमला करेगे। जिसे से उसका ध्यान बॉट जायेगा और हम सब उसको बड़ी आसानी से मार देगे। वो बेहरम पहरेदार चिल्लाकर कहता है कि तुम सब कही भी जाकर छिप जाओ। मगर मौत से नही इंसानो। इतना कहकर अपने शरीर के अन्दर से आठ गोले बाहर निकाला। जो बाहर आते ही

शैतान सैनिक में बदल जाते गये। जिनका पूरा शरीर गैडा के खाल से बना था और सब के पास एक से बढकर एक हाथियार मौजूद थे और उसे चलाने में उनसे बेहतर योद्धा कोई नही था। आठवा और अतिंम गोले के अन्दर से पत्थर का बना जंगली भेड़िया बाहर निकला। वो बेहरम पहरेदार मुस्कुराकर कहता है कि खत्म कर दो सब इंसानो को। उसका हुक्म पाते ही वो भेड़िया और सैनिक हवा में कलाबाजी करते हुए उनकी तरफ तेजी से बढ़ने लगे। चट्टान के पीछे छिपा उस्ताद आखीरा यह सब देखकर आरसालान को बातया। कि सेना हमारी तरफ चली आ रही हैं। आरसालान जैसे ही चट्टान से बाहर निकलने की कोशिश की। वैसे ही आजमाल उसका हाथ पकड़कर कहती हैं कि मैं करूँगी उस पहरेदार का सामना बाकी को तुम सब सम्भाल लेना। आरसालसन उसको बहुत समझाने की कोशिश की। मगर आजमाल नही मानी। चट्टान से बाहर आकर आजमाल अपनी जादुई ताकत का इस्तेमाल करके गुलाम सैनिक को मारते हुए बड़ी तेजी के साथ पहरेदार के सामने जाकर खड़ी हो गयी। आजमाल को समाने देखकर पहरेदार उस से कहता हैं कि सोफियान दल की आखिरी–आखिरी और आखिरी

लड़ाकू योद्धा। मैंने तुम्हारे सभी दल को बड़ी बेहरमी से मार डाला वो भी इन्ही हाथो से। वही डर मुझे तुम्हारी ऑखों में देखना हूॅ आजमाल। ताकि तुम मेरे पैरों पर गिरकर रहम की भीख मांग सको। आजमाल अपने दोनो हाथ में जादुई गोले को लेकर उस से कहती हैं कि ऐसा कभी नही होगा। क्योकि उस से पहले मैं ही तुम्हें खत्म कर दूॅगी। इतना कहकर वो पहरेदार पर जादुई गोलो से हमला करके पीछे हटने पर मजबूर कर दी। मगर जादुई गोले के धमाके उसका ज्यादा कुछ बिगड़ नही पाये। पहरेदार अपनी कपड़ा की धूल झाड़कर उस से कहता हैं कि बहुत अच्छे आजमाल अब मेरी बारी। यह कहकर उस पहरेदार ने भी जादुई गोलो से हमला करने लगा। लाऊचिंग और नकाश एक–दूसरे कहते हैं कि आजमाल हमारे लिये उस शैतान से अकेले मुकाबला कर रही है। हम को सब उसकी मदद करनी होगी। जान लड़ा दो। इधर आरसालान शीमोन लड़ाई के दॉव–पेचों का इस्तेमाल करके उस भेडियॉ को हवा में उछालकर दूसरी तरफ फेक दिया। सब एक ही मकसद था इस लड़ाई का जल्द से जल्द खत्म करके आजमाल की मदद करना। उधर आजमाल का

जादू पहरेदार के सामने धीरे–धीरे कमजोर पड़ने लगा और वह पीछे की तरफ खिसकाने लगी। यह देखकर उस पहरेदार बहुत खुश हुई और उसने अपनी पूरी ताकत से हमला किया। आजमाल बुरी तरह से घायल होकर जमीन पर गिर पड़ी। इस से पहले की वो अपने पैरों पर खड़ी हो पाती। वो बेहरम पहरेदार उस पर लगतार हमला करता रहा। जिस से उसकी दर्द भरी चीखें आस–पास के माहौल में गुॅज उठी। आजमाल की आवाज सुनकर आरसालान का गुस्सा सातवे आसमान पर पहुॅच गया आरसालान अपनी तलवार से भेड़ियॉ को घायल करके आजमाल की तरफ दौड़ पड़ा। उस पहरेदार ने घायल आजमाल के गर्दन पर अपनी तलवार रखकर कहता हैं कि मुझे से रहम की भीख मांगो। अगर तुम्हारी बातों से मेरा दिल पिघल गया। तो श्याद मैं तुम्हें माफ कर के अपनी फौज में शमिल कर लूॅगा। आजमाल अपनी लड़खड़ती आवाज में कहती हैं कि तुम्हारी गुलाम बनने से अच्छा हैं कि मैं एक शानदार योद्धा की तरह मौत मरू। वह पहरेदार उस से कहता है कि जैसी तुम्हारी मर्जी। इस से पहले की आरसालान आजमाल तक पहुॅच पाता। उस पहरेदार उसको बड़ी बेहरमी से मार डाला। आजमाल की दर्द

से भरी पुकार सुनकर मानों आरसालान का गुस्सा ज्वालमुखी की तरह फूट पड़ा। उसने शीमोन विद्याया का इस्तेमाल करके उस पहरेदार को ऐसा घूसा मारा कि उसका पूरा शरीर हवा में उछलकर चट्टान से जा टकराया। कुछ देर बाद नकाश,लाऊचिंग और आखीरा गुलाम सैनिक खत्म करके घायल आजमाल के पास पहुँचे। आजमाल अपनी लड़खड़ती आवाज में आरसालान कहती हैं कि मेरे जाने का वक्त आ गया है बस उस पहरेदार को यहाँ से बाहर जाने मत देना। सब की उम्मीदे तुम पर टिक हैं आरसालान। उनकी उम्मीदों को कभी टूटने मत देना। इतना कहकर अपनी आँखें बन्द कर ली। आरसालान लाऊचिंग से कहता है कि इसका ध्यान रखना मैं अभी आता हूँ। आरसालान जमीन पर पड़ी तलवार और ढाल लेकर उस पहरेदार की तरफ बढ़ने लगा। वह पहरेदार अपनी कपड़ो की धूल झाड़कर उस से कहता हैं कि अब आयेगा जंग का असली मजा। दोनो एक–दूसरे आमने–सामने खड़े हो गये। धीरे–धीरे हवा और भी तेज बहने लगी। अचानक उसी समय आरसालान के सामने एक जादुई गोला ठीक उनके बीच मे आकर गिरा। जब धूल साफ

हुआ तब मौत के घाटी के पंच महागुरू वहॉ पर खड़े दिखायी दिये। पंच महागुरू आरसालान से कहते हैं कि अपने दोस्त को लेकर पीछे हट जाओ। यह सुनते ही आरसालान उनसे कहता है कि इस लड़ाई को लड़ते हुए मेरी दोस्त ने अपनी जान दे दी और आप हम से कहते हैं कि पीछे हट जाऊ। तो ऐसा कभी नही होगा अगर मैं यहॉ से जाऊँगा तो इस शैतान का मार जाऊगा। वह बेहरम पहरेदार उन सब से कहता है कि ख्वाबा देखना छोड़ दो, कि तुम सब मुझे कभी नही मार पाओगे। इतना कहकर उस पहरेदार ने सब पर जादुई गोलो से हमला करने लगा। सब अपनी जान बचाने के लिए इधर–उधर भागने लगे। पंच महागुरू अपने जबरदस्त दॉव–पेंचो का इस्तेमाल करके उसको मारने लगे। जिसे वो पहरेदार एक पल के लिये घबराह गया और जैसे ही जादू का इस्तेमाल करने चला। वैसे ही आरसालान चीते जैसी फुर्ती दिखाते हुए एक जबरदस्त लात उसके सीने पर मारकर नीचे गिर दिया। पंच महागुरू और उसके दोस्त आरसालान की मदद के दौड़ पड़े। मगर जंगली भेड़िया सामने आकर उनका रास्ता रोक लिया। उसकी लाल ऑखे और जमीन खरोचते हुए उसके पंजे इस बात की ओर इशारा

कर रहा थे। कि तुम सब की मौत निश्चित हैं। वह बेहरम पहरेदार गुस्से से पागल होकर आरसालान के ऊपर लगतार जादुई गोले से हमला करने लगा। धीरे–धीरे उसका शरीर एकदम कमजोर और घायल होने लगा। अब उसके शरीर घूसे में पहले की तरह ताकत और गति नही थी। आरसालान लड़खड़कर जमीन पर गिर पड़ा। उसने दुबारा उठने की कोशिश की। लेकिन वो पहरेदार बिना रूके उसको घूसो से मार–मारकर जमीन में धॅसा दिया। आरसालान लम्बी सांस लेकर अपना हाथ ऊपर की तरफ उठाने की कोशिश की। मगर वापस नीचे गिर पड़ा और इस तरह उस योद्धा का शरीर शांत हो गया। उसको मरा हुआ देखकर वो बेहरम पहरेदार बहुत खुश हुआ। लेकिन उसी समय एक धूमकेतु जमीन से टकराया। जिस से वहॉ पर एक बहुत बड़ा गढड़ा बन गया। उस जलते हुए आग के अन्दर से एक अजनबी शख्स बाहर आया। वो कोई और नही बल्कि मौत की घाटी का पहरेदार था। उसको सामने देखकर पंच महागुरू और लाऊचिंग,नकाश हैरान हुए। जब मौत की घाटी का पहरेदार अपना शक्तिशाली घूॅसा जमीन मारा। तब उस वार से एक जबदस्त सुनहरी रोशनी

पैदा होकर हवा में फैल गयी। जैसे ही वो सुनहरी रोशनी जंगली भेड़िया से टकराती हैं तब उसका शरीर राख में बदल गया। बेहरम पहरेदार मौत के घाटी के पहरेदार से कहता हैं कि धोखे से इस तिलिस्मी गुफा में कैद करके तुमने क्या सोचा। कि इसमें से कभी आजाद नही हो पाऊँगा। बल्कि इसी दीवार से टकराककर मर जाऊगा। श्याद एक बात भूल गये। कि हथौड़ा की मार से ही बेहतरीन तलवार बनती हैं। उसी तरह से मैं भी इस गुफा में हजारो सालो से कैद रहकर इतना शक्शिाली हो गया हूँ कि तुम भी मेरा मुकाबला नही कर पाओगे जहन्नुम के बादशाह। जहन्नुम के बादशाह का नाम सुनते ही वहॉ पर मौजूद सब के पैरो तले से जमीन खिसक गयी। जहन्नुम का बादशाह बेहरम पहरेदार से कहता हैं कि मैं अच्छी तरह से जानता था कि एक ना एक दिन हमारी मुलाकात जरूर होगी। इसलिये मै यही पर रोक कर तुम्हारा इंतजार कर रहा था। तुम्हें मार कर ही जहन्नुम वापस जाऊगा ये मेरा वादा हैं। दोनो एक–दूसरे को मारने के लिये दौड़ पड़े। इस बार की लड़ाई बराबरी की थी क्योकि दोनो शक्तिशाली जादू और लड़ाई के बेहतरीन से बेहतरीन दॉव–पेचों को इस्तेमाल कर रहे थे। पंच

महागुरू भी इस लड़ाई शामिल हो गये। आखीरा,नकाश ,लाऊचिंग इब्राहीम आरसालान और आजमाल की तरफ देखकर एक–दूसरे से वादा करते हैं कि इनकी मौत यू ही बेकार नही जाने देगे। सब अपने ऑसू पोछकर बेहरम पहरेदार को मारने के लिये दौड़ पड़े। बेहरम पहरेदार को समझ में नही आ रहा था कि वो इसका सामना करे। सब मिलकर उसको जादू का इस्तेमाल करने से रोक रहे थे तो दूसरी तरफ जहन्नुम का बादशाह उस पर लगतार जादू से हमला करके उसको घायल कर दिया। सब से परेशान होकर उस बेहरम पहरेदार ने जादुई गोले का सबसे शक्तिशाली धमाका किया। इस धमाके से सब का शरीर चट्टान से टकराकर जमीन पर गिर पड़ा। सब को जमीन पर तड़पता देखकर वो बेहरम पहरेदार बहुत खुश हुआ और अपने शरीर के अन्दर कई शैतानी रूहों को बाहर निकालकर हुक्मा दिया कि इनकी रूहो को अपना गुलाम बना लो। शैतानी रूहे उनके शरीर से रूहो को खीचने लगी। सब के पास तड़पने और चीखने के आलाव का कोई दूसरा रास्ता नही बचा था। इधर आरसालान की रूह एक अन्धकार गुफा में पहुॅची। वह जैसे ही आगे बढ़ा। कि

तभी उनके अम्मी–अब्बू की आवाज सुनायी दी। बेटा तुम्हारे दोस्त की जान खतरे में हैं। उन सब को बचाओं। इतना कहकर उनकी आवाज कही गायब हो गयी। इसके बाद अम्मी शारीया की आवाज सुनायी दी। जंग अभी खत्म नही हुई आरसालान बल्कि शुरू हुई हैं अपने दोस्त की मदद करो बेटा। आचनक उनकी भी आवाज गायब हो गयी। आरसालान परेशान होकर इधर–उधर देखने लगा। उसको समझ में नही आ रहा था कि वो क्या करे! इतने में आजमाल की आवाज सुनायी पड़ी। इधर आओ आरसालान यहॉ से रास्ता हैं बाहर निकालने का। ताकत होने से जिम्मेदारी और भी ज्यादा बढ़ जाती हैं इस से भाग नही सकते। अपने दोस्त के पास वापस लौट जाओ। तभी तेज रोशनी दिखायी दी और आरसालान उसकी तरफ बढ़ने लगा। उधर वो बेहरम पहरेदार सब की रूहे को खाने के लिए के जैसे ही अपना मुँह खोला। तभी एक जबरदस्त घूसा उसके चेहरे से टकराया। उसके एक ही वार से वो शैतान पहरेदार जमीन पर गिर पड़ा। क्योंकि उसे ऐसी वार की बिल्कुल उम्मीद नही थी। इसलिये वो बुरी तरह से बौखला उठा। उस शैतान पहरेदार के जमीन पर गिरते ही रूहो का शिंकाजा भी अचानक

कही गायब हो गया। जब वह पलट कर देखा। तब उसको आरसालान सामने खड़ा मिला। वह शैतान पहरेदार चिल्लाकर कहता हैं कि तुम इंसान हरा क्यों नही मानते हो। आरसालान अपने मुँह से बह रहे खून को कंधों में पोछकर कहता हैं कि क्योंकि हम दूसरो के लिये जीते हैं और दूसरो के लिये मरते हैं। ये बात तुम जैसा शैतान नही समझ नही पायेगा। इतना कहकर दोनो लड़ाई के जबरदस्त दॉव–पेचो का इस्तेमाल करके लड़ने लगे। इस बार आरसालान के लड़ने की गति इतनी तेज थी कि वो जल्दी किसी को दिखायी नही दे पा रहा था। आरसालान को जिन्दा देखकर उसके दोस्त बहुत खुश हुए। लाऊचिंग चिल्लाकर कहती हैं कि आरसालान! इतना कहकर तलवार उसकी तरफ फेकी और नकाश ढाल। जब वो शैतान पहरेदार अपनी जादू को इस्तेमाल करने चलता। तब आरसालान अपनी पूरी ताकत से ढाल को उसकी तरफ फेकता। ढाल की गति इतनी तेज थी कि वो जलते हुए आग के गोले में बदल जाती हैं। इस से पहले की वो शैतान पहरेदार कुछ समझ पाता। उस से पहले वो ढाल उसके शरीर से जा टकरायी और उसका पूरा शरीर

चट्टान से टकराकर जमीन पर गिर पड़ा। अभी वो शैतान पहरेदार अपने पैरो पर ठीक तरीके से खड़ा भी नही हो पाया था। कि आरसालान उसके पास पहुँचकर अपनी बेहतरीन तलवार बाजी से उसका घायल कर दिया। इस से शैतान पहरेदार का गुस्सा सातवे आसमान पर पहुँच गया। वह बिना रूके लगतार उस पर जादुई गोलो से हमला किया जा रहा था। मगर उसके हर वार को आरसालान अपने मजबूत ढाल से रोक कर दूसरी तरफ मोड़ देता। जमीन पर टकराते ही जादुई गोलो में जबरदस्त धमाका के साथ फट पड़ता। शैतान पहरेदार गुस्सा से आग बबूला होकर अपनी पूरी ताकत से एक शक्तिशाली जादुई गोला बनाकर उसकी तरफ फेका। वह जादुई गोला जब आरसालान के ढाल से टकराया। तब उसको पूरी ताकत से उसको पीछे की तरफ ढकेल दिया। आरसालान अपनी इच्छाशक्ति का इस्तेमाल करके उस जादुई गोलो को पलटकर उस शैतान पहरेदार की तरफ फेक दिया। उस गोले को अपनी तरफ आता देखकर जोर से चिल्लाया ये नही हो सकता और वो गोला उसके शरीर से जा टकराया। इस जबरदस्त धमाके से शैतान पहरेदार का पूरा शरीर जख्मी हो गया। उसके कदम भी

लड़खड़ाने लगे। उस शैतान पहरेदार के शरीर से लगातार धुऑं निकल रहा था। आरसालान उस पहरेदार से कहता हैं कि अब मरने के लिए तैयार हो जाओ। वह शैतान पहरेदार उस हॅसकर कहता हैं कि जब तुम मुझे देख ही नही पाओगे तो मारोगे कैसे। इतना कहकर वो शैतान पहरेदार अदृश्य हो गया और अचानक वहॉ पर काला अंधेरा छा गया। जहन्नुम का बादशाह धनुष को उठाकर आरसालान की तरफ फेकते हुए कहता हैं कि वो घायल हो चुका हैं आरसालान। यही वक्त उस शैतान पहरेदार को खत्म करने का उसके ठीक दिल पर निशान लगाओ, वही सबसे कमजोर हिस्सा है उसके शरीर का। किसी को समझ में नही आ रहा था कि हमला कहॉ से होगा। तभी सब के शरीर पर चढ़ा मॉस बड़ी तेजी से नीचे गिरने लगा। यह देखकर लाऊचिंग और नकाश घबराये हुए हालत में जहन्नुम के बादशाह से पूछते हैं कि ये हमें क्या हो रहा हैं। तब जहन्नुम का बादशाह उन दोनो से कहता है कि हम सब का मॉस बेड़ी तेजी से सड़ रहा हैं बस थोड़ी देर मे ही हम पूरी तरह खत्म हो जायेगे। आरसालान उन सब से कहता हैं कि ऐसा कुछ भी

नही होगा। वो शैतान पहरेदार हमारे आस–पास ही मौजूद हैं बस हमारी ऑखें ही देख नही पा रही हैं। आरसालान अपनी तलवार धनुष के कमान पर रखकर उस पहरेदार के दिल की आवाज सुनने की कोशिश कर रहा था। ताकि वो पता लगा सके कि वो इस समय कहॉ पर खड़ा हैं। एक तरफ सब के शरीर से मॉस बड़ी तेजी से जमीन पर गिर रहे थे। तो दूसरी तरफ आरसालान अपनी ऑख बन्द करके आवाज सुनने की कोशिश कर रहा था। उसके पैरो से निकली तरंगे पानी तरह चारो दिशाओ में फैल गयी। जैसे ही वो तरंगे शैतान पहरेदार के पैरो से टकरायी। वैसे ही आरसालान को पता चल गया कि वो इस वक्त कहॉ पर खड़ा हैं और उसको साथ ही साथ शैतान पहरेदार की दिल की धड़कन की आवाज़ भी सुनायी देनी लगी। वह तुरन्त ही धुनष के कमान पर रखी तलवार को पूरी ताकत से खीचकर उसकी तरफ छोड़ दिया। इस से पहले की वो शैतान पहरेदार कुछ समझ पाता। वह तलवार हवा को बड़ी तेजी से चीरते हुए सीधा जाकर उसके दिल पर लगी। वह लड़खड़कर जमीन पर गिर पड़ा हैं और उसी के साथ ही उसका जादू भी खत्म हो गया। उसी के साथ सब का शरीर पहले की तरह

सामान्य हो गया। आरसालान उस शैतान पहरेदार के पास पहुँचकर उसके दिल से अपनी तलवार बाहर निकाल लिया और देखते ही देखते उसका शरीर रेत में बदलकर इधर–उधर बिखर गया। इसके बाद आरसालान कुछ ही कदम चल और लड़खड़ाकर जमीन पर गिर पड़ा। लाऊचिंग रोते चिल्लाते हुए उसके पास पहुँची। आरसालान का बेजान शरीर देखकर लाऊचिंग जहन्नुम बादशाह से कहती हैं कि आप इसे देखिये ना ये कुछ बोल क्यो नही रहा हैं। जहन्नुम के बादशाह उसके कंधो पर हाथ रखकर कहता हैं कि तुम्हारे दोस्त की मौत तो लड़ाई के बीच में हो गयी थी। लेकिन वो तुम सब की जान बचाने के लिए ही मौत की दुनियाँ से वापस आया था। जब उसका काम खत्म हो गया तो उसकी रूह भी वापस उसी दुनियाँ में चली गयी जहाँ से आयी थी। नकाश लाऊचिंग से कहता है कि इस तरह आँसू मत बहाओ वो एक असली जाबाज योद्धा था। इस तरह वो खौफनाक जंग खत्म हुई सब के चेहरे पर जीत की मुस्कान थी तो दूसरी तरफ अपने दोस्तो को खो जाने का हमेशा दःख भी था। सब एक–दसरे को सहारा देकर वहाँ से ले जाने लगते

हैं। जो बहादुर योद्धा जंग के दौरान मारे गये उन सब को वही पर दफना दिया जाता हैं। जहन्नुम का बादशाह और पंच महागुरू रक्षा कवच सेना के साथ मिलकर आरसालान को शाही सम्मान के साथ वहॉ पर दफना देते हैं। जहन्नुम का बादशाह सब से मिलकर अपनी दुनियॉ में वापस लौट जाता हैं और आखीरा पंच महागुरू के साथ मौत की घाटी में लाऊचिंग नकाश से पूछती हैं कि इसके बाद तुम कहॉ जाओगे। नकाश मुस्कुराकर उस से कहता है कि मैं अपने कबीले लौट जाऊँगा और तुम लाऊचिंग आरसालान की तलवार और ढाल उठाते हुए कहती हैं कि हर जगह शन्ति का संदेश दूँगी ताकि कभी भी इस तरह की जंग ना हो। दोनो एक–दूसरे के गले लगकर अपने–अपने रास्ते की तरफ निकल पड़ते हैं। नकाश अपने हाथी पर बैठकर और लाऊचिंग रक्षक कवच सेना के साथ जहाज पर चढ़कर पार्शिया की सीमा से काफी दूर निकल जाते हैं। जहाज बीच समुद्र में पहुचते ही लाऊचिंग को चमड़े की थैली में रखी आरसालान की तलवार और ढाल बाहर निकालती हैं। तलवार और ढाल को छूकर लाऊचिंग आरसालान के साथ बिताये गये हर पलो को याद करके रोने लगती हैं। वह ढाल और

तलवार को अपने साथ लेकर जहाज के ऊपर आती हैं जहॉ पर हवा बड़ी तेजी के साथ बह रही थी और चारो तरफ नीला पानी दिखायी दे रहा था। लाऊचिंग उस ढाल और तलवार समुद्र के पानी में फेक कर रोने लगती हैं। जहाज अपनी पूरी गति से आगे बढ़ता चला जा रहा था। इस तरह पार्शिया योद्धा की कहानी सामाप्त हुई। इधर इब्राहीम अपने घोड़े पर बैठकर रेगिस्तान में चल ही रहा था कि अचानक रेत से बना एक मजबूत हाथ उसको घोड़े सहित जकड़ लेता हैं। इब्राहीम बहुत कोशिश करता हैं उस से बाहर आने की। मगर उसकी सारी कोशिश बेकार साबित होती हैं और वह चिल्लाकर कहता है कौन है सामने क्यो आता। तभी एक शख्स रेत के अन्दर से बाहर आकर कहता हैं कि कैसे हो सिपाह सालार आलिम।

www.ingramcontent.com/pod-product-compliance
Lightning Source LLC
LaVergne TN
LVHW060622051026
849519LV00002B/715
9789386148049